고도를 기다리며

고도를 기다리며

사뮈엘 베케트 | 홍복유 옮김

☆ 문예출판사

En attendant Godot

Samuel Beckett

차례

1막 • 7

2막 • 93

작품 해설 • 167

사뮈엘 베케트 연보 • 173

- 이 책은 사뮈엘 베케트가 직접 영어로 옮긴 *Waiting for Godot*(Grove Press, New York, 1954)를 저본으로 삼아 우리말로 옮겼다.

1막

시골길

나무 한 그루

저녁때

나즈막한 흙더미 위에 앉아서 에스트라곤은 장화를 벗으려고 한다. 그는 두 손으로 장화를 잡아당긴다. 숨이 가빠진다. 단념한다. 기진맥진해서 쉰다. 같은 방법으로 다시 해본다.

블라디미르가 들어온다.

에스트라곤 (또다시 단념하며) 아무래도 안 돼.

블라디미르 (벌어진 여덟팔자 걸음으로 터벅터벅 걸어 나오며) 나도 생
각을 달리하게 됐어. 내 일생 동안 그런 생각은 안 하려
고 혼자 이런 말을 해왔었지. '침착하자, 최선을 다해보
자' 따위의 말을. 그리고 또 노력을 계속해보았지. (그는
생각한다. 해왔다는 그 노력을 생각해본다. 에스트라곤이 있

는 쪽을 향해서) 그래, 자네 또 여기에 와 있군.

에스트라곤 그래?

블라디미르 다시 돌아와줘서 반갑네. 나는 자네가 아주 가버린 줄 만 알았지.

에스트라곤 나도 반갑네.

블라디미르 결국 또다시 만났네그려. 우리 축하해야 하지 않겠나. 그렇지만 어떻게? (그는 생각한다.) 일어나게, 내 껴안아 줄 테니.

에스트라곤 (펄쩍 뛰며) 지금은 안 돼, 지금은 안 돼.

블라디미르 (기분이 상해서, 쌀쌀하게) 각하께서는 지난밤을 어디서 지내셨나이까?

에스트라곤 개천에서 지냈지.

블라디미르 (감탄하면서) 개천! 어느 개천?

에스트라곤 (무표정하게) 저 건너편.

블라디미르 그래, 자네 얻어맞진 않았나?

에스트라곤 얻어맞아? 물론 얻어맞았지.

블라디미르 언제나 그런 팔자군.

에스트라곤 그런 팔자? 모르겠네.

블라디미르 그런 생각을 하면…… 여지껏 주욱…… 그러나 나로서 는…… 자네 같으면 어떻게 되었을까…… (단호하게) 더 말할 것도 없지. 지금쯤은 죽어서 백골이 됐을 거야.

틀림없어.

에스트라곤 그러면 어떻단 말인가?

블라디미르 (침울하게) 혼자 당하기엔 너무 억울한 일이야. (좀 쉬었다가 즐겁게) 그렇다고 지금 걱정해서 무슨 소용인가 말이야. 벌써 옛날에 각오했어야 할 일이지. 1890년대에 말이야.

에스트라곤 아, 쓸데없는 말 말고 이 지독한 놈을 좀 벗겨주게.

블라디미르 자네나 나나 그 에펠탑 꼭대기 같은 제일급에 끼기엔 다 틀렸어. 한때는 우리도 굉장했지. 이제는 다 틀렸어. 그놈들은 우리를 꿈쩍도 못하게 할걸. (에스트라곤은 장화를 쥐어뜯는다.) 자네 무얼 하나?

에스트라곤 장화를 벗고 있네. 자네에겐 이런 일이 없었던가?

블라디미르 장화란 날마다 벗어야 하는 거지. 암만 일러도 소용이 없군. 왜 못 알아듣는 거야?

에스트라곤 (힘없이) 나 좀 도와주게.

블라디미르 아픈가?

에스트라곤 (성이 나서) 아프냐고? 아픈지 알고 싶다고?

블라디미르 (성이 나서) 자네 외에는 그런 고통을 받는 사람이 없어. 나는 좋으니, 자네가 내 것을 신어보면 어떤가?

에스트라곤 그것도 아픈가?

블라디미르 (성이 나서) 아프냐고? 아픈지 알고 싶다고?

에스트라곤 (손으로 가리키며) 단추나 채워두게.

블라디미르 (엎드리며) 그래, (단추를 채운다.) 사람이 살려면 사소한 일이라도 등한히 해서는 안 돼.

에스트라곤 자네는 언제나 끝장을 보려고 하는데 뭘 기대하는 건가?

블라디미르 (생각에 잠겨서) 끝까지…… (묵상한다.) 희망을 지연시키면 탈이 난다……란 누가 한 말이지?

에스트라곤 왜 자네는 좀 거들어주지 않나?

블라디미르 그래도 나는 가끔 희망이 온다고 느껴지네. 그러고는 어쩐지 아주 이상해지네. (모자를 벗고 안을 들여다본다. 모자 속을 만져본다. 흔들어본다. 그리고 다시 모자를 쓴다.) 뭐라고 할까? 마음이 놓이면 또 동시에…… (적당한 말을 찾아내려고 한다.) …… 소름이 끼치네. (강조하며) 소름이 끼치네. (모자를 다시 벗고 안을 들여다본다.) 이상해. (모자 꼭대기를 두드리며 무슨 낯선 것을 피하려고 하듯이 모자 속을 들여다본다. 다시 모자를 쓴다.) 아무래도 안 돼. (에스트라곤은 온갖 힘을 다해서 장화를 벗는 데 성공한다. 장화 속을 들여다본다. 그 속을 만져본다. 거꾸로 들고 흔든다. 무엇이 떨어졌나 해서 땅을 내려다본다. 아무것도 발견하지 못한다. 장화 속을 또 만져본다. 앞을 노려보지만 보이는 것은 없다.) 그래서?

에스트라곤 아무것도 없어.

블라디미르 보여주게.

에스트라곤 보여줄 게 없어.

블라디미르 다시 신어보게.

에스트라곤 (발을 들여다보며) 잠깐 발을 좀 말려야겠네.

블라디미르 자기 발에 탈이 난 줄은 모르고 장화만 탓하고 있으니 자네도 이제 사람 구실 다했네. (그는 모자를 다시 벗고 안을 들여다보고, 속을 만져보고 꼭대기를 두드려보고 나서 그 모자를 쓴다.) 놀라운 일이 있네. (침묵. 블라디미르는 생각에 잠겨 있다. 에스트라곤은 발가락을 잡아당긴다.) 도적놈 하나가 구원을 받았다네. 비율이 괜찮은걸. (잠깐 있다가) 고고.

에스트라곤 왜?

블라디미르 우리가 회개한다면.

에스트라곤 뭘 회개해?

블라디미르 오…… (그는 생각한다.) 그렇게 캐물을 필요는 없지 않은가?

에스트라곤 우리가 이 세상에 태어난 것 말인가?

블라디미르는 한바탕 웃고 나서 곧 입을 다물고 한 손으로 불두덩을 누르며 얼굴을 찌푸린다.

블라디미르 이제는 더 웃을 수도 없네그려.

에스트라곤 끔찍한 궁핍이군.

블라디미르 그저 웃는 흉내나 내지. (그는 만면에 미소를 띠고 한참 있더니 갑자기 미소를 거둔다.) 똑같지 않아. 아무래도 안 돼. (잠깐 있다가) 고고.

에스트라곤 (화를 내며) 왜 그래?

블라디미르 자네는 성경을 읽은 적이 있나?

에스트라곤 성경이라…… (그는 생각한다.) 한 번쯤은 봤을 거야.

블라디미르 그 복음을 다 기억하고 있나?

에스트라곤 성지(聖地)의 지도(地圖)는 기억하고 있네. 색칠한 지도였어. 아주 예쁘고. 사해(四海)는 옥색이었고. 그걸 보기만 해도 내 목이 말랐지. '그리로 가리라, 신혼여행은 그리로 가리라' 하고 말하곤 했지. '우리는 헤엄을 치리라, 우리는 행복하리라' 하고.

블라디미르 자네는 시인이 되었더라면 좋았을 뻔했네.

에스트라곤 나는 시인이었다네. (누더기 옷을 가리킨다.) 보면 모르겠나?

침묵.

블라디미르 내가 무슨 말을 하고 있었더라? …… 자네 발은 어떤가?

에스트라곤   부어오르는 게 보이네.

블라디미르   아, 그래. 그 두 도적놈. 그, 얘기를 기억하나?

에스트라곤   아니.

블라디미르   내가 그 얘기를 해줄까?

에스트라곤   싫어.

블라디미르   그 얘기를 하면서 시간을 보내세. (잠깐 있다가) 도적
　　　　　　 놈 둘이 우리 구세주와 동시에 십자가에 달렸지. 하
　　　　　　 나는…….

에스트라곤   우리의 뭐와?

블라디미르   우리 구세주, 도적놈이 둘, 하나는 구원을 받았다고 하
　　　　　　 고 다른 놈은…… (구원과 반대되는 말을 찾아내려고 한다.)
　　　　　　 저주를 받았어.

에스트라곤   무엇에서 구원을 받았나?

블라디미르   지옥에서.

에스트라곤   나는 가겠네.

　　그는 움직이지 않는다.

블라디미르   그런데…… (잠깐 있다가) …… 이런 말을 해서 자네를
　　　　　　 싫증 나게 하고 싶지는 않네만 이상한 건 복음서를 쓴
　　　　　　 네 사람 중에 한 사람만이 도적놈 하나가 구원받았다는

말을 했단 말이야. 넷이 다 거기 있었지. …… 거기 아니면 그 부근에 있었단 말이야. …… 그런데 한 사람만이 도적놈 하나가 구원받았다는 말을 한단 말이야. (잠깐 있다가) 자, 고고, 한 번쯤 대답을 좀 해보게. 못 하겠나?

에스트라곤 (일부러 열성이 있는 척하며) 정말 굉장히 흥미를 끄는 일이라고 생각하네.

블라디미르 넷 중에 하나라. 다른 세 사람 중에 둘은 도적에 대한 말을 전혀 하지도 않았고 세 번째 사람은 그 도적 둘이 다그를 욕했다고 말했어.

에스트라곤 누구?

블라디미르 뭐라고?

에스트라곤 무슨 소리야? 누구를 욕했어?

블라디미르 구세주를.

에스트라곤 왜?

블라디미르 자기네들을 구해주지 않는다고.

에스트라곤 지옥에서 말야?

블라디미르 둔하기도 하지, 죽음에서 말이야.

에스트라곤 자네가 지옥이라고 하지 않았나?

블라디미르 죽음에서, 죽음에서.

에스트라곤 그래서 어떻단 말인가?

블라디미르 그러면 그 두 사람은 저주를 받았어야지.

에스트라곤 물론이지.

블라디미르 그런데 네 사람 중에 하나는 그 도적 둘 중 하나가 구원을 받았다고 한단 말이야.

에스트라곤 그래? 그들의 생각이 맞지 않았나 보지. 그뿐이야.

블라디미르 그렇지만, 넷이 다 거기 있었어. 그런데 하나만 도적 하나가 구원받았다는 말을 한단 말이야. 왜 다른 사람들 말은 안 믿고, 그 한 사람의 말을 믿는단 말인가?

에스트라곤 누가 그를 믿나?

블라디미르 모든 사람이 믿지. 사람들은 그 책만 알고 있어.

에스트라곤 사람이란 끔찍이 무식한 원숭이들이야.

그는 아픈 몸을 일으켜서 절룩거리며 왼쪽 끝까지 가더니 서서 손을 들어 이마에 대고 먼 저쪽을 바라본다. 돌아선다. 오른쪽 끝까지 간다. 먼 데를 바라본다. 블라디미르는 그를 쳐다본다. 그러고는 가서 장화를 집어 들고 안을 들여다보다가 갑자기 떨어뜨린다.

블라디미르 쳇!

침을 뱉는다. 에스트라곤은 무대 중앙까지 가 관중에게 등을 보이고 선다.

에스트라곤 아름다운 곳이야. (돌아서서 앞으로 나간다. 관중을 향해 선
다.) 아름다운 경치야. (블라디미르에게 돌아서며) 우리 가
보세.

블라디미르 갈 수 없어.

에스트라곤 왜?

블라디미르 우리는 고도를 기다리고 있네.

에스트라곤 (절망적으로) 아! (잠깐 있다가) 확실히 여긴가?

블라디미르 뭐라고?

에스트라곤 우리가 기다려야 할 곳 말이야.

블라디미르 그가 나무 옆이라고 말했어. (두 사람은 나무를 본다.) 다
른 나무도 보이나?

에스트라곤 무슨 나무?

블라디미르 몰라, 버드나무야.

에스트라곤 나뭇잎은 어디 있지?

블라디미르 죽었겠지.

에스트라곤 다시는 나뭇가지가 늘어지지 않을걸.

블라디미르 지금이 그럴 때가 아닌지도 모르지.

에스트라곤 내게는 수풀처럼 보이네.

블라디미르 관목이야.

에스트라곤 수풀이야.

블라디미르 관…… 자네는 무슨 말을 할 셈인가? 여기가 그 자리가

아니란 말인가?

에스트라곤 그는 이리 와야 하네.

블라디미르 확실히 온다고는 말하지 않았어.

에스트라곤 만일 그가 오지 않으면?

블라디미르 내일 다시 와야지.

에스트라곤 그리고 모레도.

블라디미르 그래야겠지.

에스트라곤 죽 계속해서.

블라디미르 결국은······.

에스트라곤 그가 올 때까지.

블라디미르 자네는 무자비하군.

에스트라곤 우리는 어제 여기 왔었지.

블라디미르 아니, 그렇지 않아.

에스트라곤 어제 우리는 뭘 했나?

블라디미르 어제 우리가 뭘 했냐구?

에스트라곤 그래.

블라디미르 아-니······ (노하며) 자네가 곁에 있으면 아무것도 모르게 돼.

에스트라곤 내 생각엔 우리가 여기 와 있었네.

블라디미르 (돌아보며) 이 장소를 알겠나?

에스트라곤 난 그런 말 안 했어.

블라디미르 그래서?

에스트라곤 그게 무슨 관계인가?

블라디미르 그래도…… 저 나무…… (관중을 향하며) 저 늪…….

에스트라곤 확실히 오늘 저녁인가?

블라디미르 뭐라고?

에스트라곤 우리가 기다려야 하는 건…….

블라디미르 그는 토요일이라고 말했네. (잠깐 있다가) 나는 그렇게
생각하네.

에스트라곤 그대가 생각을 해?

블라디미르 내가 적어 놓은 게 있을 거야. (그는 주머니 속을 찾아보더
니 먼지 같은 것을 잔뜩 끄집어낸다.)

에스트라곤 (아주 교활하게) 글쎄, 어느 토요일이란 말인가? 토요일
이던가? 일요일은 아닌가? (잠깐 있다가) 아니면 월요일
은 아닌가? (잠깐 있다가) 금요일은 아닌가?

블라디미르 (열심히 주위를 돌아보며 마치 날짜가 경치 속에 쓰여 있기나
한 것처럼) 그런 일은 있을 수 없어.

에스트라곤 아니면 목요일?

블라디미르 어떻게 할까?

에스트라곤 만일 그가 어제 왔었는데 우리가 오지 않았다면 확실히
그가 오늘 다시 오지는 않을 거야.

블라디미르 그렇지만 우리가 여기 왔었다고 자네가 말하지 않

왔나?

에스트라곤 내가 틀렸는지도 몰라. (잠깐 있다가) 우리 잠깐 얘기 좀 그만두세. 괜찮겠나?

블라디미르 (힘없이) 그렇게 하세. (에스트라곤은 흙더미 위에 앉는다. 블라디미르는 흥분해서 왔다 갔다 하며 가끔 서서 먼 데를 바라본다. 에스트라곤은 잠이 든다. 마침내 블라디미르가 에스트라곤 앞에 와 선다.) 고고…… 고고…… 고고!

에스트라곤은 놀라서 깨어난다.

에스트라곤 (다시 무서운 현실로 돌아가며) 내가 자고 있었군. (절망적으로) 왜 자네는 잠도 못 자게 하나?

블라디미르 내가 적적해서.

에스트라곤 나는 꿈을 꾸었네.

블라디미르 내게 말하지 말게.

에스트라곤 내가 꿈을 꾸었는데…….

블라디미르 내겐 말하지 마…….

에스트라곤 (온 천지를 가리키며) 이걸로 자네에겐 충분하단 말인가? (침묵.) 디디, 자네는 고약하군. 내가 꿈 얘기를 자네에게 못하면 누구에게 하란 말인가?

블라디미르 혼자만 알고 있게. 나는 들을 수가 없어.

에스트라곤 (냉정히) 우리가 떨어져 있으면 좋지 않을까 하고 생각할 때도 가끔 있네.

블라디미르 떨어져도 멀리는 못 갈걸.

에스트라곤 못 간다는 건 참 안됐어. 정말 안된 일이지. (잠깐 있다가) 디디, 정말 안된 일이지? (잠깐 있다가) 생각해보면 가는 길도 아름답고 (잠깐 있다가) 동행인들도 좋은 사람들인데 (잠깐 있다가 감언이설로 꼬이며) 그렇지 않아, 디디?

블라디미르 진정하게.

에스트라곤 (도발적으로) 진정…… 진정…… 영국 사람들은 '침착'이란 말을 쓰지. (잠깐 있다가) 유곽에 있었던 영국 사람 얘기를 자네는 알지?

블라디미르 응…….

에스트라곤 그 얘기 좀 들려주게.

블라디미르 아, 그만둬!

에스트라곤 영국 사람 하나가 보통 때보다 술이 좀 더 취해 유곽에 가는데 유곽 주인이 흰 것을 원하느냐, 검은 것을 원하느냐, 혹은 붉은 머리를 원하느냐고 물었다지? 자, 계속하게.

블라디미르 그만둬!

블라디미르는 갑자기 나간다. 에스트라곤은 일어나서 무대 끝까지 그를 따라간다. 에스트라곤의 표정은 권투선수를 응원하는 구경꾼의 표정 같다. 블라디미르가 들어온다. 그는 에스트라곤을 슬쩍 지나간다. 머리를 숙이고 무대를 지나간다. 에스트라곤은 그를 향해 한 걸음 가다가 선다.

에스트라곤　(점잖게) 내게 하고 싶은 말이 있었나? (침묵. 에스트라곤은 한 걸음 더 앞으로 다가선다.) 내게 할 말이 있었나? (침묵. 또 한 걸음 앞으로 나간다.) 디디…….

블라디미르　(돌아선 채) 자네에게 할 말 없네.

에스트라곤　(앞으로 나서며) 화났나? (침묵. 앞으로 나선다.) 용서하게. (침묵. 앞으로 또 나선다. 에스트라곤은 블라디미르의 어깨에 손을 댄다.) 자, 디디. (침묵.) 자네 손을 좀 주게. (블라디미르는 반쯤 돌아선다.) 나를 껴안아주게! (블라디미르는 장승 같이 돼버린다.) 고집 부리지 말게! (블라디미르는 부드러워진다. 두 사람은 서로 껴안는다. 에스트라곤이 뒷걸음질한다.) 마늘 냄새가 나네그려.

블라디미르　신장에 좋다고 해서 먹었지. (침묵. 에스트라곤은 열심히 나무를 쳐다본다.) 이제 어떻게 할까?

에스트라곤　기다리지.

블라디미르　그래, 그런데 기다리고 있는 동안은?

에스트라곤   목을 매달면 어떨까?

블라디미르   흥, 그러면 고추가 발딱 서겠군.

에스트라곤   (몹시 흥분해서) 다시 살아난다고?

블라디미르   그 뒤에 오는 것도 다……. 목매달아 죽은 자리에서는
            독풀 맨드레이크가 난다네. 그래서 그 풀을 뽑으면 빽
            하고 비명 소리가 나지. 자네는 그걸 몰랐나?

에스트라곤   우리 당장에 목을 매세.

블라디미르   나뭇가지에? (두 사람은 나무 있는 데로 간다.) 나는 나무
            를 믿지 못하겠네.

에스트라곤   언제든지 해볼 수는 있지 않나?

블라디미르   먼저 해보게.

에스트라곤   자네가 해본 뒤에…….

블라디미르   아니, 아니, 자네가 먼저…….

에스트라곤   왜 내가 먼저야?

블라디미르   자네가 나보다 가벼우니까…….

에스트라곤   바로 그렇지!

블라디미르   무슨 소린지 모르겠네.

에스트라곤   자네의 지혜를 좀 짜보란 말이야.

블라디미르는 지혜를 짜본다.

블라디미르   (마침내) 그래도 깜깜소식이야.

에스트라곤   이런 거야. (그는 생각한다.) 그 나뭇가지…… 그 나뭇가지…… (화가 나서) 자네, 지혜 좀 짜내보게나.

블라디미르   자네가 나의 유일한 희망일세.

에스트라곤   (힘을 들여서) 고고 가볍고…… 나뭇가지 안 부러지고…… 고고…… 죽네. 디디 무겁고…… 나뭇가지 부러지고…… 디디 혼자 남네. 그런데…….

블라디미르   난 그런 생각을 해보지 않았네.

에스트라곤   자네가 거기 목매달아 죽는다면 뭐든지 다 거기 매달아 죽을 수 있네.

블라디미르   그렇지만 내가 자네보다 무거울까?

에스트라곤   자네가 그렇게 말하는 거지. 나는 몰라. 기회는 고루고루 다 있네. 다 있을 거야.

블라디미르   자, 우리 무얼 할까?

에스트라곤   우리 아무것도 하지 마세. 그게 더 안전해.

블라디미르   우리 기다려보고, 그이가 무어라고 하나 두고 보세.

에스트라곤   누구?

블라디미르   고도.

에스트라곤   좋은 생각일세.

블라디미르   우리가 어떤 입장에 있는지 바로 알 때까지 기다려보세.

에스트라곤   그 반대로 무쇠가 얼어붙기 전에 뚜드려보는 게 더 좋을지도 모르네.

블라디미르 그이가 무슨 말을 할지 좀 들어보고 싶네. 그러고 나서
야 그 말대로 해도 좋고 안 해도 되지.

에스트라곤 우리가 그에게 요구했던 게 정확히 뭐지?

블라디미르 자네는 거기 없었나?

에스트라곤 나는 듣고 있을 수가 없었네.

블라디미르 오, 별로 뚜렷한 것도 없었네.

에스트라곤 일종의 기도지.

블라디미르 바로 그렇지.

에스트라곤 막연한 애원이지.

블라디미르 맞았네.

에스트라곤 그는 뭐라고 대답했나?

블라디미르 두고 보자고 하데.

에스트라곤 아무 약속도 할 수 없다고.

블라디미르 그건 생각해봐야 한다고.

에스트라곤 조용히 자기 집에 앉아서.

블라디미르 가족들과 의논하고.

에스트라곤 친구들과 의논하고.

블라디미르 대리인과 의논하고.

에스트라곤 기자들과 의논하고.

블라디미르 자기 책과 의논하고.

에스트라곤   은행 예금 통장과 의논하고.

블라디미르   결정을 짓는단 말이야.

에스트라곤   그게 보통이지.

블라디미르   그렇지 않은가?

에스트라곤   그렇다고 생각하네.

블라디미르   나도 그렇게 생각하네.

침묵.

에스트라곤   (불안해하며) 그런데 우리는?

블라디미르   뭐라고?

에스트라곤   '그런데 우리는?'이라고 했네.

블라디미르   무슨 소린지 모르겠네.

에스트라곤   우리 입장은 어떻게 되는 건가?

블라디미르   우리의 입장?

에스트라곤   천천히 생각해보게.

블라디미르   입장? 넙죽 엎드려야지.

에스트라곤   그렇게 어려운가?

블라디미르   각하께서는 특권을 주장하시는군.

에스트라곤   이제는 아무 권리도 없단 말인가?

블라디미르는 웃다가 전처럼 숨이 막혀 미소도 못 짓는다.

블라디미르 허락받았다면 자네가 나를 웃길 수야 있겠지.

에스트라곤 우리는 권리를 잃었단 말인가?

블라디미르 (분명하게) 우리가 권리를 내버렸지.

침묵. 두 사람은 움직이지 않은 채 팔을 축 늘어뜨리고 머리를 숙이고 무릎이 축 처진 채 힘없이 서 있다.

에스트라곤 (힘없이) 우리는 매여 있지 않은가? (잠깐 있다가) 우리는…… .

블라디미르 들어보게!

그들은 귀를 기울인다. 이상하게 몸이 굳어진다.

에스트라곤 아무것도 들리지 않네.

블라디미르 쉬! (그들은 듣는다. 에스트라곤은 몸의 균형을 잃고 쓰러지려고 한다. 그는 비틀거리는 블라디미르의 팔을 붙잡는다. 그들은 같이 얼싸안고 귀를 기울인다.) 내게도 들리지 않네.

안심하는 표정, 둘은 마음 놓고 떨어진다.

에스트라곤   자네가 나를 놀라게 했네.

블라디미르   나는 그인 줄만 알았지.

에스트라곤   누구?

블라디미르   고도.

에스트라곤   흥! 갈대숲에 부는 바람 소리야.

블라디미르   정말 나는 고함치는 소리를 들었네.

에스트라곤   그러면 그이가 왜 고함을 쳤을까?

블라디미르   그이가 말에게 고함치는 소리지.

　침묵.

에스트라곤   (거칠게) 배고파!

블라디미르   당근 먹겠나?

에스트라곤   그것밖에 없나?

블라디미르   무도 있을지 모르지.

에스트라곤   당근을 주게. (블라디미르는 주머니 속을 뒤지다가 무를 꺼
　　　　　　내어서 에스트라곤에게 준다. 에스트라곤은 한 입 깨물어보고
　　　　　　화가 나서) 이건 무 아닌가!

블라디미르   오, 용서하게. 꼭 당근인 줄 알았네. (주머니 속을 다시 뒤
　　　　　　져도 무밖에는 없다.) 다 무야. (뒤진다.) 자네가 마지막 남
　　　　　　은 걸 먹었나 봐. (뒤진다.) 잠깐만, 여기 있네. (당근을 하

나 꺼내서 에스트라곤에게 준다.) 자, 여기 있네. (에스트라곤은 당근을 소매로 닦아서 먹기 시작한다.) 그것뿐일세. 마지막 당근일세.

에스트라곤   (씹으며) 내가 자네에게 질문했지.

블라디미르   아…….

에스트라곤   자네가 대답했나?

블라디미르   당근 맛이 어떤가?

에스트라곤   당근 맛이지.

블라디미르   그렇다면 좋아, 그렇다면 좋아. (잠깐 있다가) 자네가 알고 싶은 게 뭐였지?

에스트라곤   잊어버렸네. (씹는다.) 그게 탈이야. (감상하듯 당근을 바라보더니, 그것을 엄지손가락과 둘째 손가락 끝으로 들고 흔든다.) 나는 이 당근 맛을 잊을 수 없을 거야. (당근 한 끝을 빨며 생각을 한다.) 아, 그래, 이제 기억이 나네.

블라디미르   그래서?

에스트라곤   (입에 가득 물고 멍하니) 우리는 매여 있지 않나?

블라디미르   자네가 하는 말이 내게는 하나도 들리지 않네.

에스트라곤   (씹는다. 삼킨다.) 우리가 매여 있지 않느냐고 물어보는 거야.

블라디미르   매여 있어?

에스트라곤   매-여-있-어.

블라디미르　매여 있다니 무슨 뜻인가?

에스트라곤　얽매여 있단 말이야.

블라디미르　그러나 누구에게, 누구 때문에?

에스트라곤　자네가 말하는 그 사람에게.

블라디미르　고도에게? 고도에게 매여 있어! 얼마나 멋진 생각인
　　　　　　가! 암, 물론이지. (잠깐 있다가) 우선은.

에스트라곤　그의 이름이 고도인가?

블라디미르　그렇게 생각되네.

에스트라곤　저런! (남은 당근 밑동을 들고 눈앞에서 휘두른다.) 이상해,
　　　　　　먹으면 먹을수록 점점 더 맛이 안 좋아지니.

블라디미르　내게는 정반대야.

에스트라곤　다시 말하면?

블라디미르　나는 갈수록 더러운 것에 익숙해지더라고.

에스트라곤　(오랫동안 생각한 뒤에) 그게 반대인가?

블라디미르　기질 문제지.

에스트라곤　성격 문제지.

블라디미르　그렇다고 어떻게 할 수도 없는 일이야.

에스트라곤　애쓸 필요가 없어.

블라디미르　사람이란 타고난 대로야.

에스트라곤　몸부림칠 필요가 없어.

블라디미르　근본은 변하지 않으니까.

에스트라곤 별 도리 없어. (남은 당근을 블라디미르에게 준다.) 마저 먹고 싶나?

처절한 울음소리가 가까이 들린다. 에스트라곤은 당근을 떨어뜨린다. 그들은 꼼짝 못하고 있다. 그러고 나서는 무대 모퉁이로 같이 뛰어간다. 에스트라곤은 절반쯤 가다가 서서 뒤로 되돌아간다. 당근을 집는다. 그것을 주머니 속에 넣는다. 기다리고 있는 블라디미르와 같이 가려고 뛰어간다. 다시 선다. 다시 뒤로 뛰어간다. 자기 장화를 집는다. 블라디미르한테 뛰어간다. 두 사람은 어깨를 꾸부리고 몸을 쭈그리며 위협에 움찔하고, 기다린다. 포조와 럭키가 들어온다. 포조는 럭키의 목에 끈을 매어 몰고 있다. 그래서 럭키가 먼저 들어오고 다음에 끈이 보이는데 그 끈은 길어서 무대 중간까지 온 다음에야 포조가 나타난다. 럭키는 무거운 가방과 접어두는 걸상과 소풍용 바구니를 운반하고 포조는 채찍을 가지고 있다.

포조 (무대 밖에서) 가세! (채찍질을 '딱' 한다. 포조가 나타난다. 무대를 지나간다. 럭키는 블라디미르와 에스트라곤의 앞을 지나서 나간다. 포조는 블라디미르와 에스트라곤을 보고 잠깐 걸음을 멈춘다. 끈이 팽팽해진다. 포조는 난폭하게 끈을 당긴다.) 돌아와 서!

럭키가 짐을 가지고 넘어지는 소리가 난다. 블라디미르와 에스트라곤은 그쪽으로 향한다. 도와주러 가고 싶기도 하고 무섭기도 하다고 생각하면서. 블라디미르는 럭키에게 한 걸음 다가선다. 에스트라곤은 그의 소매를 붙잡는다.

블라디미르   나 좀 놓게나.

에스트라곤   거기 서 있게.

포조   조심하시오. 그 녀석은 나쁜 놈이니까. (블라디미르와 에스트라곤은 포조 쪽으로 돌아선다.) 낯선 사람에겐 말입니다.

에스트라곤   (낮은 목소리로) 저이가 그 사람인가?

블라디미르   누구?

에스트라곤   (이름을 기억하려고 하며) 에…….

블라디미르   고도?

에스트라곤   그래.

포조   내 이름은 포조라고 합니다.

블라디미르   (에스트라곤에게) 천만에!

에스트라곤   그는 고도라고 했어.

블라디미르   천만에!

에스트라곤   (머뭇하며 포조에게) 당신은 고도가 아니십니까?

포조   (무서운 목소리로) 나는 포조야. (침묵.) 포조! (침묵.) 이 이름을 듣고도 모르겠어! (침묵.) 내 이름을 들어도 모르겠난 말야?

블라디미르와 에스트라곤은 의심스러운 표정으로 서로 쳐다본다.

에스트라곤 (알고 싶어 하는 척하며) 보조…… 포조…….

블라디미르 (똑같이) 포조…… 포조…….

포조 프오오조오오!

에스트라곤 아! 포조…… 그래 포조…….

블라디미르 포조인가? 보조인가?

에스트라곤 포조…… 아니……그런데…… 나는…… 아니…… 그런 거 같지 않은데…….

포조가 협박하듯이 앞에 나선다.

블라디미르 (환심을 사려는 듯이) 언젠가 고조라는 사람의 가족을 알고 있었는데, 그 어머니는 임질에 걸려 있었어.

에스트라곤 (조급히) 우리는 이 근처에 사는 사람들이 아닙니다.

포조 (머뭇거리며) 그래도 마찬가지 인간이 아닌가. (안경을 쓴다.) 내가 보건대 (안경을 벗는다) 나와 똑같은 족속이

야. (큰 소리로 요란스럽게 웃는다.) 포조와 같은 족속이
야! 하느님의 형상으로 만들어진 인간!

블라디미르 그런데 아시다시피…….

포조 (거만하게 압력을 주며) 고도는 누구야?

에스트라곤 고도요?

포조 나를 고도라고 생각했다지.

블라디미르 아니요, 그런 적 없습니다.

포조 그게 누구야?

블라디미르 오, 그는…… 그는 좀 아는 분입니다.

에스트라곤 그런 정도도 못 되지요. 별로 알지도 못하는 분입니다.

블라디미르 사실 그래…… 잘은 몰라…… 그래도 역시…….

에스트라곤 내 눈으로 보아도 누군지 모를 거야.

포조 나를 그 사람으로 알았지.

에스트라곤 (포조 앞에서 뒷걸음질하며) 다시 말하면…… 당신은 잘
아시지요…… 어두운 저녁때는 되어오고…… 마음은
긴장되고…… 기다리면서…… 고백합니다만…… 그
런 생각이 들었지요…… 잠시…….

포조 기다리다니? 그래 그 사람을 기다리고 있었단 말이야?

블라디미르 저, 보시다시피…….

포조 여기서? 내 땅에서?

블라디미르 무슨 해로운 일을 하려는 생각은 없었습니다.

에스트라곤   좋은 일을 하려고 했습니다.

포조   이 길은 누구에게나 다 개방돼 있어.

블라디미르   우리도 그렇게 생각했습니다.

포조   창피한 일이야. 그러나 그런 걸 어쩌나.

에스트라곤   어찌 할 수 없는 일입니다.

포조   (관대한 표정으로) 그 말은 더 하지 않기로 하지. (끈을 갑자기 당긴다.) 일어낫! (잠깐 있다가) 이 돼지 새끼는 가는 곳마다 자기만 해. (끈을 당긴다.) 일어나 돼지야. (럭키가 일어나서 짐을 드는 소리가 난다. 포조는 끈을 당긴다.) 돌아섯! (럭키가 되돌아 들어온다.) 섯! (럭키가 선다.) 돌앗! (럭키가 돈다. 블라디미르와 에스트라곤에게 정다운 말투로) 두 신사님을 뵙게 된 것을 기쁘게 생각합니다. (그들의 의심스러워하는 표정을 보고) 정말 진심으로 기뻐합니다. (그는 끈을 당긴다.) 더 가까이! (럭키가 앞으로 나선다.) 섯! (럭키가 선다.) 참, 그렇지, 혼자서 여행하려면 길이 먼 것 같아…… (시계를 본다.) 그래…… (계산을 한다.) …… 그래, 여섯 시간 동안, 여섯 시간 동안을 사람이라곤 하나도 못 보았어. (럭키에게) 외투! (럭키는 가방을 놓고 나가서 외투를 주고 제자리에 돌아와서 가방을 든다.) 저것 잡아! (포조는 채찍을 내놓는다. 럭키는 앞으로 나간다. 그리고 두 손에 짐이 있으므로 채찍을 입에 물고 제자리로 돌아간다.

34

포조는 외투를 입기 시작하다가) 외투! (럭키는 가방과 바구니와 걸상을 놓고 앞에 나가서 포조가 외투 입는 시중을 들고 제자리에 돌아가서 가방과 바구니와 걸상을 집어 든다.) 오늘 저녁은 가을 날씨 같은데. (포조는 외투 단추를 다 채우고 몸을 구부려 자기 몸을 살펴보고 단정히 선다.) 채찍! (럭키가 나가서 허리를 구부린다. 포조는 럭키가 입에 물고 있는 채찍을 뺏는다. 럭키는 제자리로 되돌아간다.) 정말이지 신사분들, 나와 비슷한 족속들을 사귀지 않고는 오랫동안 길을 다닐 수가 없습니다. (안경을 쓴다. 그리고 자기와 같은 족속인 두 사람을 바라본다.) 비록 완전히 똑같다고 할 수는 없어도요. (안경을 벗는다.) 걸상! (럭키는 가방과 바구니를 놓고 나가서 걸상을 세워놓는다. 제자리로 돌아간다. 가방과 바구니를 든다.) 더 가까이! (럭키는 가방과 바구니를 놓고 앞에 나가서 걸상을 움직인다. 제자리로 돌아와서 가방과 바구니를 든다. 포조는 앉아서 채찍 끝을 럭키의 가슴에 대고 민다.) 물러갓! (럭키는 한 걸음 뒤로 물러선다.) 좀 더! (럭키는 또 한 걸음 물러간다.) 섯! (럭키가 선다. 블라디미르와 에스트라곤에게) 그래서 두 분만 좋으시다면 내가 더 가기 전에 두 분과 함께 잠깐 머물러서 지체할까 합니다. 바구니! (럭키가 나가서 바구니를 주고 제자리로 물러간다.) 신선한 공기가 구미를 돋우는군. (그는 바구니를 열

고 닭고기 한 조각과 술을 한 병 꺼낸다.) 바구니! (럭키는 앞
으로 나와서 바구니를 집어 들고 제자리로 물러간다.) 더 물
러갓! (럭키는 한 걸음 더 물러간다.) 고약한 냄새를 피우
는 놈. 건배!

그는 술을 마시고 나서 술병을 놓고는 닭고기를 먹기 시작한다.
침묵. 블라디미르와 에스트라곤은 조심조심 럭키를 에워싸더니
대담하게 빙빙 돌며 아래위로 훑어본다. 포조는 닭고기를 정신없
이 먹으며 빨아 먹은 뼈를 내던진다. 럭키는 점점 몸이 처지는지 주
저앉아 가방과 바구니가 땅에 닿는다. 그러다가는 깜짝 놀라서 똑
바로 섰다가 또다시 주저앉는다. 웅크리고 앉아서 자며 신음하고
있다.

에스트라곤　저 사람은 어디가 아픈가?

블라디미르　고단한 것 같은데.

에스트라곤　왜 짐을 내려놓지 않을까?

블라디미르　누가 알아? (두 사람은 그에게 가까이 간다.) 조심해!

에스트라곤　말을 좀 걸어봐!

블라디미르　저것 좀 봐!

에스트라곤　뭐?

블라디미르　(손으로 가리키며) 저 목!

에스트라곤 (목을 보며) 아무것도 보이지 않아.

블라디미르 여기.

에스트라곤은 블라디미르의 옆으로 간다.

에스트라곤 오, 그래!

블라디미르 상처에서 고름이 나네!

에스트라곤 끈으로 매어서 그렇지.

블라디미르 끈에 쓸려서 그렇지.

에스트라곤 어쩔 수 없어.

블라디미르 매듭 때문이야.

에스트라곤 그럴 수밖에.

두 사람은 다시 훑어보다가 얼굴을 들여다본다.

블라디미르 (마지못해서) 미운 얼굴은 아니야.

에스트라곤 (어깨를 움츠리고 얼굴을 찡그리며) 그런가?

블라디미르 약간 여자 같은 데가 있네.

에스트라곤 저 침 흘리는 걸 보게.

블라디미르 그럴 수밖에.

에스트라곤 저 침을 보게.

블라디미르 아마 반편이인가 봐.

에스트라곤 백치야.

블라디미르 (더 자세히 보며) 갑상선종처럼 보이는걸.

에스트라곤 (들여다보며) 그럴까?

블라디미르 헐떡거리고 있네.

에스트라곤 그럴 수밖에.

블라디미르 그리고 눈을 보게.

에스트라곤 눈이 어쨌단 말인가?

블라디미르 눈을 희번덕거리고 있네.

에스트라곤 저 사람이 마지막 숨을 헐떡거리는 것 같이 보이는데.

블라디미르 그런가? (잠깐 있다가) 저 사람한테 물어보게.

에스트라곤 괜찮을까?

블라디미르 두려워할 거 없네.

에스트라곤 (머뭇거리며) 여보세요…….

블라디미르 좀 더 크게.

에스트라곤 (좀 더 크게) 여보세요…….

포조 가만히 내버려두시오. (두 사람은 포조를 쳐다본다. 포조는 다 먹고 나서 손등으로 입을 훔친다.) 그놈이 쉬고 싶어하는 걸 모르십니까? 바구니! (그는 성냥불을 켜서 담뱃대에 불을 붙이기 시작한다. 에스트라곤은 바닥에 떨어진 닭 뼈를 탐욕스럽게 바라본다. 럭키가 움직이지 않기 때문에 포조는 화가 나서 성냥을 내던지고 끈을 당긴다.) 바구니! (럭키가 놀라서 일어난다. 쓰러지려고 한다. 다시 정신을 차린다. 앞으로 걸어 나간다. 병을 바구니에 넣고 제자리로 물러간다. 에스트라곤은 닭 뼈를 노려본다. 포조는 성냥을 또 켜서 담배를 피운다.) 당신들이 원하는 그런 일은 그놈이 할 줄 모릅니다. (그는 담배를 빨고 두 다리를 뻗친다.) 아! 이제 좋군!

에스트라곤 (머뭇거리며) 선생……

포조 무슨 일이십니까?

에스트라곤 선생께서는 저…… 선생께서는 저…… 뼈다귀가 필요치 않으시지요?

블라디미르 (창피한 듯이) 그렇게도 기다릴 수가 없단 말인가?

포조 아니 아니, 말해주는 게 좋습니다. 뼈다귀가 필요하냐구요? (채찍 끝으로 버린 뼈를 뒤적거린다.) 아니오, 나는 필요치 않습니다. (에스트라곤이 뼈다귀 있는 데로 한 걸음 나아간다.) 그러나…… (에스트라곤이 발을 멈춘다.) …… 그러나 원칙으로 따지면 그 뼈는 저 짐꾼에게 가야 합니다. 그러니까 그놈에게 물어봐야지요. (에스트 라곤은 럭키를 향해서 머뭇거린다.) 말해보시오. 무서울 거 없소이다. 물어보시오, 대답할 겁니다.

에스트라곤은 럭키에게 가서 그 앞에 선다.

에스트라곤 여보세요…… 실례합니다. 여보세요.

포조 돼지야, 네게 하는 말이야. 대답해. (에스트라곤에게) 다시 말해보시오.

에스트라곤 실례합니다. 여보세요. 저 뼈, 저 뼈다귀가 필요합니까?

럭키는 에스트라곤을 빤히 바라본다.

포조 (기뻐하며) 여봐라! (럭키는 머리를 숙인다.) 대답해! 원하냐? 원치 않냐? (럭키는 아무 말도 없다. 에스트라곤에게) 그 뼈는 당신 거예요. (에스트라곤은 뛰어가서 뼈를 집어 들고 물어뜯는다.) 내 비위에 거슬리는걸. 이전에는 뼈다귀를 싫다고 한 적이 없는데. (그는 걱정스러운 듯이 럭키를 바라본다.) 저놈이 나를 싫어하게 된다면 좋으련만.

그는 담뱃대를 빤다.

블라디미르 (화가 폭발해서) 고약한 것.

침묵. 에스트라곤은 어쩔 줄 몰라서 입노릇을 멈춘다. 포조와 블라디미르를 번갈아 본다. 포조는 조용한 표정이다. 블라디미르는 부끄러워진다.

포조   (블라디미르에게) 무슨 특별히 따져볼 일이 있습니까?

블라디미르   (떠듬떠듬하나 단호하게) 사람 대우를…… (럭키를 가리키며)…… 저렇게…… 내 생각엔…… 아니…… 인간이…… 아니…… 이것은 수치스러운 일이다!

에스트라곤   (지지 않으려는 듯이) 치욕이다!

그는 다시 씹기 시작한다.

포조   너무 심합니다. (블라디미르에게) 연세가 얼마나 됩니까? 이렇게 묻는 게 실례가 아니라면. (침묵.) 예순? 일흔? (에스트라곤에게) 저 사람은 몇 살입니까?

에스트라곤   열한 살.

포조   내가 무례했소. (그는 채찍에다 담뱃대를 두드리고 일어난다.) 가야겠군. 길동무가 되어줘 고마웠소. (그는 생각한다.) 가기 전에 또 한 대 피워볼까, 어떻게 생각하시오? (두 사람은 아무 말도 없다.) 오, 나는 담배를 별로 피우지 않소. 조금밖에 안 피우지. 두 대를 연거푸 피우는 습관이 없지. (손을 가슴에 대고 한숨 쉬며) 담배를 피우면 가슴이 두근거려. (침묵.) 니코틴이야. 미리 조심은 하면서도 그걸 빨아들인단 말이야. (한숨을 여러 번 쉰다.) 당신들도 다 아는 일이지. (침묵.) 그러나 당신들은 아마 담배를 안 피울 거요. 그렇소? 안 그렇소? 아무래도 좋아. (침묵.) 그러나 내가 한번 일어선 이상 아무 구실 없이 어떻게 또 주저앉는담? 남 보기에…… 뭐라고 할까…… 남 보기에 비틀거리는 것 같지 않게. (블라디미르에게) 뭐라고 하셨지요? (침묵.) 말을 안 하셨던가? (침묵.) 아무래도 괜찮아, 자…….

그는 생각한다.

에스트라곤　아! 이게 더 낫군.

닭 뼈를 호주머니 속에 넣는다.

블라디미르　가세.

에스트라곤　이렇게 빨리?

포조　잠깐만! (끈을 당긴다.) 걸상! (채찍으로 가리킨다. 럭키는 걸상을 움직인다.) 더! 그래! (그는 앉는다. 럭키는 제자리로 물러간다.) 됐다.

그는 파이프에 담배를 채운다.

블라디미르 (힘을 내서) 가세.

포조 나 때문에 가는 건 아니겠지요. 좀 더 기다려보시오. 후
회는 안 할 겁니다.

에스트라곤 (혹시 뭐라도 주는 게 아닐까 기대하는 마음으로) 서둘러야
할 일은 없습니다.

포조 (담배를 피우며) 재탕이란 좋은 일이 없어. (입에서 담뱃
대를 빼내서 들여다본다.) …… 처음 것만 못하단 말이야.
(다시 담뱃대를 입에 문다.) 그래도 역시 맛은 좋아.

블라디미르 나는 가겠네.

포조 내가 있어서 못 견디겠다는 거군. 아마 내게는 인간미
가 없나 봐. 그러나 관계없어. (블라디미르에게) 경솔한
짓을 하기 전에 두 번은 생각해봐야지. 당신이 아직 날
이 저물기도 전에 지금 간다고 합시다. 아직 저물지 않
았다는 건 틀림이 없으니까. (셋이 다 하늘을 쳐다본다.)
암. (셋이 하늘을 보다가 멈춘다.) 그런 경우엔 어떻게 될
까? (그는 입에서 파이프를 빼어 들고 살펴본다.) …… 나는
제외되는 거야…… (담배를 다시 피운다.) …… 그런 경우
에는…… (푹푹 연기를 낸다.) …… 그런 경우엔 어떻게
될까. 그 약속이 고데…… 고도…… 고뎅…… 하여간
누군지 알지. 그 사람과 한 약속이…… 당신들 미래를
두 손에 쥐고 있는…… (잠깐 있다가) …… 적어도 당장

닥쳐오는 미래를 손에 쥔 그이와의 약속이 어떻게 되냔 말이야.

블라디미르 누가 그런 말을 했소?

포조 저 사람이 내게 말을 또 거는군! 어떻게 좀 더 계속하다 가는 아주 친구가 되겠네.

에스트라곤 저 사람은 왜 짐을 땅에 내려놓지 않습니까?

포조 나도 그이를 만나보고 싶어, 사람을 많이 만날수록 더 기쁘지. 사람은 가장 하등동물에서 시작해서 더 지각 이 생기고 더 부유해지고 더 복받은 걸 절실히 알게 되 지. 당신네들도…… (그는 잘난 듯이 두 사람을 번갈아 보며 두 사람 다 들으라는 뜻을 나타낸다.) 당신네들도 내가 쌓아 둔 재물에 보탬이 될지 누가 알겠소.

에스트라곤 저이는 왜 짐을 땅에 내려놓지 않습니까?

포조 그렇게 되면 내가 놀랄 거야.

블라디미르 당신은 질문을 받고 있습니다.

포조 (기뻐하며) 질문! 누가? 무엇을? 아까는 무서워서 떨며 나를 선생이라고 불렀지? 이제는 내게 질문을 하고 있 어. 이런 결과가 좋지는 않을 거요!

블라디미르 (에스트라곤에게) 저 사람이 들으려고 귀를 기울이는 것 같아.

에스트라곤 (럭키의 주위를 빙빙 돌며) 뭐?

블라디미르 이제 물어볼 수 있네. 정신을 바짝 차리고 있는걸.

에스트라곤 뭘 물어봐?

블라디미르 왜 짐을 내려놓지 않느냐고.

에스트라곤 글쎄!

블라디미르 물어보지 않겠나?

포조 (열심히 이들의 말을 듣고 있다가 그 질문을 놓치지 않으려고
하며) 당신들이 알고 싶은 것은 저놈이 왜 그 짐이란 것
을 땅에 내려놓지 않느냐는 것이지?

블라디미르 그렇습니다.

포조 (에스트라곤에게) 당신도 그렇소?

에스트라곤 저 사람이 담배를 벌고래처럼 푹푹 피우고 있어.

포조 대답은 이렇소. (에스트라곤에게) 그러나 좀 조용하시오.
나를 흥분시키고 있으니.

블라디미르 여보게.

에스트라곤 뭔가?

블라디미르 저 사람이 말을 하려고 하네.

에스트라곤은 블라디미르의 옆으로 간다. 둘이 나란히 서서 꼼짝
않고 기다린다.

포조 됐어. 다 준비가 됐지? 모두 다 나를 쳐다보고 있지? (그

는 럭키를 보고 끈을 당긴다. 럭키는 머리를 든다.) 돼지야, 나를 쳐다봐! (럭키는 그를 쳐다본다.) 됐다. (그는 파이프를 호주머니 속에 넣고 조그만 분무기를 꺼내어 목에 뿌리고 나서 호주머니 속에 넣고는 기침을 하고 침을 뱉고 다시 분무기를 꺼내서 목에 뿌리고 호주머니 속에 도로 넣는다.) 나는 준비가 됐어. 다들 듣고 있지? 다들 준비 됐지? (그는 한 사람씩 한 사람씩 쳐다보고는 끈을 당긴다.) 돼지야. (럭키는 머리를 든다.) 나는 허공에 대고 말을 하고 싶지는 않아, 됐다. 그런데.

그는 생각한다.

에스트라곤   나는 가겠네.

포조   뭘 알고 싶다고 했는지 똑바로 말해봐요.

블라디미르   왜 저게…….

포조   (화가 나서) 방해하면 안 돼! (조금 있다가 좀 진정하고 나서) 우리가 한꺼번에 말을 하면 아무것도 안 될 거야. (조금 있다가) 내가 무슨 말을 하고 있었나? (조금 있다가 더 크게) 내가 무슨 말을 하고 있었나?

블라디미르가 무거운 짐을 나르는 사람의 흉내를 낸다. 포조는 그것을 보고 어쩔 줄 모른다.

에스트라곤 (힘을 들여서) 짐. (럭키를 가리킨다.) 왜 그걸 늘 들고 있
나? (그는 주저앉는다. 헐떡거리며) 땅에 놓는 일이 없어.
(그는 두 손을 펴고 한시름 놓은 듯이 바른 자세를 갖춘다.) 왜?

포조 왜 전에 그런 말을 할 수 없었을까? 왜 저놈이 제 몸을
편하게 하지 않는가 말이지? 그 점을 밝혀봅시다. 그놈
이 그렇게 할 권리가 없을까? 확실히 권리는 있지. 그런
데 하기를 원치 않는다고 할 수밖에. 그 이유를 따져볼
수도 있지. 왜 그걸 원치 않는가 말이야. (잠깐 있다가)
신사님들, 그 이유는 이렇습니다.

블라디미르 (에스트라곤에게) 이 말을 적어두게.

포조 저놈은 내게 좋은 인상을 줘서 내가 자기를 떼버리지
않게 하려는 거요.

에스트라곤 뭐라고요?

포조 아마 내가 틀렸는지도 몰라. 저놈은 나를 달래고 싶은
거야. 저를 떼버릴 생각이 안 나도록, 아니 이렇게 말해
도 똑바로 맞혔다고는 할 수 없지.

블라디미르 저 사람을 당신은 쫓아버리고 싶습니까?

포조 저놈이 나를 속이려고 하지만 안 될걸.

블라디미르 당신은 저 사람을 쫓아버리고 싶습니까?

포조 저놈 생각엔 자기가 짐을 잘 나르는 걸 보여주면 내가
저를 앞으로도 계속 짐꾼으로 쓸 거라고 생각하겠지만.

에스트라곤 저 사람한테 싫증이 났습니까?

포조 정말 그놈은 돼지처럼 짐을 나르고 있지만 그게 저놈
직업은 아니야.

블라디미르 당신은 그 사람을 쫓아내고 싶습니까?

포조 저놈의 생각에는 제가 꾸준히 일을 하면 내 결심을 돌
이킬 것이라는 거야. 그런 가련한 계획을 가지고 있어.
마치 내게 시중꾼이 부족하기나 한 것처럼. (셋이 다 럭
키를 바라본다.) 하느님 맙소사! (침묵.) 자, 그게 내 생각
이요, 또 다른 질문이 있소?

분무기를 뿌린다.

블라디미르 당신은 그 사람을 내버리고 싶습니까?

포조 내가 그놈 입장이 되고 그놈이 내 입장이 될 수도 있을
거야. 운명이 바뀐다면 말이야. 다 자기 팔자지.

블라디미르 당신은 그…… 그 사람을 버……?

포조 뭐라고요?

블라디미르 당신은 그 사람을 내버리고 싶습니까?

포조 그렇습니다. 쫓아버릴 수도 있었지만 그렇게 하는 대

신에 그러니까, 엉덩이를 발로 차서 내버리는 대신에
말이요, 내가 친절한 마음으로 그놈을 시장에, 시장에
데리고 가 좋은 값에 팔아버리고 싶소. 사실 저런 걸 쫓
아버릴 수는 없지요. 죽여버리는 게 제일 좋을 거야.

럭키가 운다.

에스트라곤 저 사람이 울고 있어!

포조 늙은 개가 더 점잖은 편이지. (그는 자기 손수건을 에스트
라곤에게 내준다.) 동정하는 것 같으니 그놈을 위로해주
시오. (에스트라곤은 주저한다.) 자, 어서. (에스트라곤은 손
수건을 받는다.) 그놈의 눈물을 훔쳐주면 버림받았다는
생각이 덜 날 겁니다.

에스트라곤이 주저한다.

블라디미르 이리 주게, 내가 하지.

에스트라곤은 손수건을 주지 않으려고 한다. 어린애 같은 표정을
한다.

포조   빨리 울음이 끝나기 전에 (에스트라곤이 럭키에게 접근해서 눈물을 훔쳐주러 간다. 럭키는 그의 정강이를 세게 찬다. 에스트라곤은 손수건을 떨어뜨리고 뒷걸음질한다. 무대에서 비틀거리며 돌아다니면서 아픈 소리를 낸다.) 손수건!

럭키는 가방과 바구니를 놓고 손수건을 집어서 포조에게 주고는 제자리로 물러가서 가방과 바구니를 집어 든다.

에스트라곤   오, 돼지 자식! (그는 한쪽 바지를 걷어올리고 다리를 내놓는다.) 절름발이로 만들다니!

포조   낯선 사람을 싫어한다고 내가 말하지 않았소!

블라디미르   (에스트라곤에게) 어디 보세. (에스트라곤은 자기 다리를 본다. 성난 음성으로 포조에게) 피가 납니다.

포조   좋은 징조입니다.

에스트라곤   (한쪽 다리로 서서) 다시는 걷지 못하겠는걸!

블라디미르   (부드럽게) 내가 업어다 주지. (잠깐 있다가) 필요하다면 말야.

포조   저놈이 울음을 그쳤어. (에스트라곤에게) 당신이 저놈을 대신하게 되었구려. (서정시를 읊듯이) 세상에는 눈물의 양이 한정돼 있어. 다른 데서 누가 또 울기 시작하면 울던 사람이 울음을 그치게 되는 거야. 웃음도 마찬가지.

(그는 웃는다.) 그러니까, 우리 세대를 나쁘다고 하지 맙시다. 선배들보다 더 불행하지는 않으니까. (잠깐 있다가) 우리 세대를 좋다고도 말하지 맙시다. (조금 있다가) 우리 세대에 대해서 일체 말을 하지 맙시다. (잠깐 있다가 판단하듯이) 인구가 는 것만은 사실이지.

블라디미르 걸어보게.

에스트라곤은 절룩거리며 조금 걷다가 럭키 앞에서 침을 뱉고 나서 다시 걸어가 흙더미 위에 앉는다.

포조 이 모든 아름다운 생각을 누가 내게 가르쳐주었는지 알아내시오. (잠깐 있다가 럭키를 가리키며) 나의 럭키!

블라디미르 (하늘을 쳐다보며) 밤은 영영 오지 않을까?

포조 럭키가 없었던들 나의 모든 생각, 나의 모든 감정은 평범했을 거야. (조금 있다가 열렬하게) 직업적인 근심 걱정! (좀 진정해서) 최고의 아름다움, 최고의 은총, 최고의 진리…… 이런 것이 내게는 거리가 멀다고만 생각하고 있었지. 그래서 나는 한구석에 숨어 있었단 말이요.

블라디미르 (하늘을 쳐다보다가 깜짝 놀라며) 한 구석에?

포조 그것은 거의 60년 전 일…… (그는 시계를 본다.) 그래, 거의 60년. (자랑스럽게 몸을 가다듬고) 그대들은 나를 보아도 나인 줄 모를 거야. 저 녀석 모습에 비하면 나는 젊어 보이지요. 아니라고? (잠깐 있다가) 모자! (럭키가 바구니를 놓고 모자를 벗는다. 긴 백발이 얼굴에 드리운다. 모자를 겨드랑이에 끼고 바구니를 든다.) 자, 보시오. (포조는 자기 모자를 벗는다. 그는 완전히 대머리가 되어 있다. 다시 모자를 쓴다.) 보았지요?

블라디미르 그래, 이제는 저 사람을 내쫓습니까? 저렇게 늙고 충실한 하인을!

에스트라곤 돼지 같은 놈.

포조는 점점 더 흥분한다.

블라디미르 저 사람이 지니고 있는 좋은 건 다 빨아 먹고 나서 바나나 껍질처럼 내던진단 말입니까, 참.

포조 (신음하며 머리를 움켜쥐고) 이젠 더 견딜 수가 없어…… 저놈이 저런 짓을 계속하니…… 당신은 모릅니다…… 지독해…… 저놈은 없어져야 해…… (그는 두 팔을 흔든다.) …… 나는 미칠 것 같아…… (그는 머리를 두 손으로 움켜쥐고 주저앉는다.) 더는 견딜 수 없어. …… 이제 더는…….

침묵. 모두 포조를 쳐다본다.

블라디미르   견딜 수가 없다는군.

에스트라곤   이제 더는.

블라디미르   미칠 것 같은가 봐.

에스트라곤   지독해.

블라디미르   (럭키에게) 어떻게 감히! 끔찍도 해라. 저렇게 좋은 주
            인을! 저렇게 괴롭히다니! 그렇게 여러 해를 지나고 나
            서! 정말!

포조   (흐느껴 울며) 저놈이 예전엔 그렇게 친절하고…… 그렇
        게 도움이 되고…… 또 재미있는…… 나의 착한 천사였
        건만…… 이제 와서는…… 저놈이 날 못살게 구는 거야.

에스트라곤   (블라디미르에게) 다른 사람을 쓰고 싶은가 보지?

블라디미르   뭐라고?

에스트라곤   저놈 대신 다른 사람을 원하는 게 아닌가 말이야.

블라디미르   그렇지 않을걸.

에스트라곤   뭐라고?

블라디미르   잘 모르겠네.

에스트라곤   물어보게.

포조   (진정하고) 신사님들, 내가 무슨 짓을 하고 있었는지 모
        르겠습니다. 용서하십시오. 내가 말한 걸 다 잊어버리

십시오. (점점 더 옛 모습으로 돌아간다.) 내가 무슨 말을 했는지 잘 기억하지 않지만 확실히 그건 한 마디도 진실이 아닙니다. (정색하고 가슴을 치면서) 내가 고민을 하게끔 생긴 사람 같습니까? 솔직하게! (그 호주머니 속을 뒤진다.) 내가 파이프를 어떻게 했나?

블라디미르 멋진 저녁을 보내고 있네.

에스트라곤 잊을 수 없는 저녁.

블라디미르 그리고 아직 끝나지 않았네.

에스트라곤 확실히 그렇네.

블라디미르 이제 겨우 시작일세.

에스트라곤 무서운 저녁일세.

블라디미르 무언극보다 더 끔찍해.

에스트라곤 곡마단보다.

블라디미르 음악당보다.

에스트라곤 곡마단보다.

포조 내가 파이프를 어떻게 했을까?

에스트라곤 우스운 인간이야. 자기 파이프를 잃어버렸어.

소리 내어 웃는다.

블라디미르 곧 돌아오겠네.

그는 무대 옆으로 바삐 간다.

에스트라곤   왼쪽 복도 끝.

블라디미르   내 자리를 잡아두게.

블라디미르가 나간다.

포조   (울려고 하며) 나는 귀중한 파이프를 잃어버렸어!

에스트라곤   (포복절도하며) 저 사람 때문에 죽겠네.

포조   혹시 어디서 본 적 없습니까……? (그는 블라디미르가 없어져서 섭섭해진다.) 오! 가버렸군! 인사도 안 하고! 어떻게 그럴 수 있을까! 기다릴 수도 있었는데!

에스트라곤   울음이 터져 나올 수도 있었지요.

포조   오, (잠깐 있다가) 오, 그러면 물론 그런 경우에는…….

에스트라곤   이리 오십시오.

포조   왜?

에스트라곤   알게 될 텐데.

포조   나더러 일어나라는 겁니까?

에스트라곤   빨리! (포조는 일어나서 에스트라곤 옆으로 간다. 에스트라곤은 저쪽을 가리킨다.) 보십시오.

포조   (안경을 쓰고 나서) 오, 그래!

에스트라곤 이제 다 끝났군요.

블라디미르가 우울한 표정으로 돌아온다. 럭키를 어깨로 밀어젖히고 걸상을 발로 차버리고 흥분해서 왔다 갔다 한다.

포조 저이는 기분이 좋지 않은걸.
에스트라곤 (블라디미르에게) 좋은 접대가 있었는데 자네는 못 받았네그려. 불쌍하이.

블라디미르는 발을 멈추고 걸상을 바로 세워놓고는 좀 진정된 표정으로 왔다 갔다 한다.

포조 저이는 기분이 가라앉았어. (주위를 돌아보며) 정말 모든 것이 가라앉았어. 위대한 적막이 내려앉았어. (손을 들며) 잘 들어봐요. 피리 부는 목신(牧神), 팬도 잠이 들었어.
블라디미르 밤은 오지 않으려나?

셋이 다 하늘을 쳐다본다.

포조 밤이 오기 전엔 가고 싶지 않은가요?

에스트라곤 그런데 아시다시피…….

포조 암, 당연한 일이지요. 당연하고 말고. 나도 당신들과 같을 거예요. 만일 내가 약속이 있다면…… 고뎅…… 고데이…… 고도라고 하든가, 하여튼 그런 이와 약속이 있다면 나도 캄캄한 밤이 될 때까지는 단념하지 않고 기다릴 것이요. (그는 걸상을 본다.) 나는 앉고 싶은 생각이 간절한데 어떻게 가서 앉아야 할지 알 수가 없군요.

에스트라곤 내가 도와드릴 수는 없을까요?

포조 아마, 당신이 내게 부탁을 한다면 모르지.

에스트라곤 무슨 부탁을?

포조 나더러 앉으라는 부탁을 한다면.

에스트라곤 그게 도움이 될까요?

포조 그러리라고 생각됩니다.

에스트라곤 그럽시다. 선생, 앉으십시오. 어서 앉으십시오.

포조 아니 아니, 나 같으면 그런 말 안 할 텐데! (잠깐 있다가 옆에서 혼잣말로.) 다시 한번 부탁해주었으면.

에스트라곤 자, 어서 좀 앉으십시오. 폐렴에 걸리시겠습니다.

포조 정말 그렇게 생각합니까?

에스트라곤 암, 절대로 그렇습니다.

포조 절대 당신 말이 옳습니다. (그는 앉는다.) 또 저질렀구나! (잠깐 있다가) 고맙소, 친구들. (그는 시계를 본다.) 그러나 정말 이제는 가봐야겠는데, 일정을 지키려면.

블라디미르 시간이 멈췄습니다.

포조 (시계를 귀에 갖다 대며) 그것을 믿어서는 안 됩니다. 그런 생각을 믿지 마십시오. (시계를 호주머니 속에 넣는다.) 어떠한 일이 있든지 그것만은 믿지 마십시오.

에스트라곤 (포조에게) 오늘은 모든 게 그에게는 꺼멓게만 보이는 게지요.

포조 하늘만 빼놓고. (그는 이 재담에 만족해서 웃는다.) 그러나 나는 다 알지요. 당신들은 이 지방 사람들이 아닙니다. 여기서 저녁놀이 무슨 구실을 하는지 당신들은 모릅니다. 내가 말해볼까요. (침묵. 에스트라곤은 장화를 만지고 블라디미르는 모자를 만지작거린다.) 나는 당신들을 거절할 수 없습니다. (분무기.) 조금만 가만히 들어주십시오. (블라디미르와 에스트라곤은 계속 만지작거린다. 럭키는 반쯤 졸고 있다. 포조는 힘없이 채찍 소리를 낸다.) 이 채찍이 웬일이야? (일어나서 좀 더 힘 있게 채찍 소리를 내고 마침내 성공한다. 럭키가 펄쩍 뛴다. 블라디미르의 모자와 에스트라곤의 장화와 럭키의 모자가 땅에 떨어진다. 포즈는 채찍을 내던진다.) 이 채찍은 다 닳았어. (블라디미르와 에스트라곤은 바라본다.) 내가 무슨 말을 하고 있었나?

블라디미르 우리 가보세.

에스트라곤 그러나 자네 발을 좀 가볍게 하고 가세, 자네 그러다가
는 죽겠네.

포조 사실 그렇지. (앉는다. 에스트라곤에게) 당신 이름은 뭡
니까?

에스트라곤 애덤.

포조 (듣지 않고 있다가) 아, 그래! 저녁, (머리를 든다.) 그러나
제발 좀 더 주의해주십시오. 정말 그러지 않으면 아무
일도 안 됩니다. (하늘을 쳐다본다.) 보시오! (모두 하늘을
쳐다보는데 럭키만은 또 졸고 있다. 포조는 끈을 당긴다.) 돼
지야, 하늘을 좀 쳐다봐! (럭키는 하늘을 쳐다본다.) 됐어,
그만. (그들은 하늘을 보다가 멈춘다.) 뭐가 그리 굉장하
단 말인가? 하늘로서 말이야. 하루 중에도 이 시간에 창
백하게 빛나는 다른 하늘과 다른 게 뭐야. (잠깐 있다가)
지구의 씨줄로 보아 이곳과 같은 지역에서 (조금 있다
가) 날씨가 좋을 적에 (노래를 읊듯이) 한 시간 전에 (시계
를 본다. 단조로운 어조로) 대략 (노래를 읊듯이) 쏟아진 뒤
에 (주저한다. 단조로운 어조로) 아침 10시부터랄까 (노래
를 읊듯이) 쉴 새 없이 쏟아지는 흰 줄기 빨간 줄기, 그 광
채 사라지자 파리해지네. (무대 옆으로 두 손이 사라지는
듯이) 파리해지네, 점점 더 파리해지네, 또 점점 파리해
져서 (극적인 중단. 두 손을 활짝 펴고 큰 동작을 취하면서) 끄

끄끄 …… ! 끝이야! 휴식이야. 그러나…… (손을 들고 경고한다.) …… 이 조용한 평화의 장막 뒤에 밤이 가득 차 있으니 (떨리는 목소리로) 우리를 폭발시킬 거야. (손가락으로 소리를 딱 하고 낸다.) 빵! 이렇게 (그의 영감이 사라진다.) 우리가 조금도 기대하지 않을 적에 그런 일을 당하는 거야. (침묵. 우울하게) 그것이 바로 이놈의 세상 일이야.

오랜 침묵.

에스트라곤 사람이 아는 한에서는.

블라디미르 사람은 시기를 기다릴 수 있지.

에스트라곤 사람은 뭘 기대한 건지도 알고 있지.

블라디미르 더는 걱정할 필요 없네.

에스트라곤 그저 기다리기만 하는 거야.

블라디미르 기다리는 일에는 익숙해.

모자를 집어서 속을 들여다보고 털고서는 쓴다.

포조 당신들은 나를 어떻게 보았습니까? (블라디미르와 에스트라곤은 멍하니 그를 쳐다본다.) 우? 미? 양? 가? 확실히 불량?

블라디미르 (포조의 의중을 먼저 알아채고) 오, 대단히 좋습니다. 대단

히 우수합니다.

포조 (에스트라곤에게) 그리고 당신은?

에스트라곤 오, 매우 좋습니다. 매우매우 좋습니다.

포조 (열심히) 축복합니다, 신사님들, 축복합니다. (잠깐 있다

가) 나는 그런 격려의 말이 필요합니다. (잠깐 있다가) 내

가 마지막판에 조금 마음이 약해졌지요?

블라디미르 오, 아마 조금 약간.

에스트라곤 일부러 그러신 줄 알았지요.

포조 나는 기억력이 부족합니다.

침묵.

블라디미르 당분간은 별일 없습니다.

포조 지루합니까?

에스트라곤 약간.

포조 (블라디미르에게) 당신도?

블라디미르 나는 좀 더 재미있었습니다.

침묵. 포조는 내심으로 고심한다.

포조	신사님들, 당신들은 나에게 친절히 대해주셨습니다.
에스트라곤	천만에.
블라디미르	무슨 말씀을!
포조	아니, 당신들이 맞았어요. 그래서 내 혼자 생각에 이렇게 지루한 시간을 보내는 정직한 이들을 위해 뭘 좀 할 수 있을까 하는 겁니다.
에스트라곤	10프랑이라도 도움이 될 겁니다.
블라디미르	우리는 거지가 아닙니다.
포조	내가 할 일이 없을까? 이런 질문을 혼자 하고 있지요. 그이들을 기쁘게 하기 위해서 나는 그들에게 뼈다귀를 주었고 이런 얘기, 저런 얘기, 얘기를 해주었고, 사실 황혼을 설명해주었지. 그러나 그것으로 충분한가, 이것이 나를 괴롭히는 거요. 그것으로 충분한가?
에스트라곤	단돈 5프랑이라도.
블라디미르	(에스트라곤에게) 그만둬!
에스트라곤	그보다 적게는 안 돼.
포조	그것으로 충분합니까? 물론 그렇겠지. 그러나 나는 너그러운 사람이요. 그것이 나의 천성이지요. 오늘 저녁, 내게는 아주 불리합니다. (그는 끈을 당긴다. 럭키는 그를 쳐다본다.) 나는 고민하게 될 테니까, 확실히 그래. (그는 채찍을 집어 든다.) 뭘 원합니까? 저것더러 춤을 추라고

할까요? 노래를 시킬까요? 그러지 않으면…….

에스트라곤 누구더러?

포조 누구라니! 당신들은 둘 다 생각할 줄 모릅니까?

블라디미르 저 사람이 생각을 해요?

포조 그렇고 말고, 소리를 내어서 하지요. 이전에는 아름답게 생각을 했었는데, 나는 몇 시간이고 그 생각을 들을 수 있었지요. 이제는…… (그는 몸서리친다.) 그만큼 내게는 좋지 않게 되었어. 자, 우리 저놈에게 생각을 좀 시켜볼까요?

에스트라곤 춤을 추었으면 좋겠는데, 그것이 더 재미있을 텐데.

포조 반드시 그렇지도 않지요.

에스트라곤 그래, 춤이 더 재미있겠네.

블라디미르 나는 생각하는 걸 들어도 좋네.

에스트라곤 아마 처음에 춤을 추게 하고 다음에 생각하게 할 수도 있겠지. 이렇게 하면 너무 많은 부탁이 될까?

블라디미르 (포조에게) 그렇게 할 수 있을까요?

포조 좋다뿐이겠습니까. 그보다 쉬운 일은 없습니다. 그게 당연한 순서이지요.

그는 잠깐 웃는다.

블라디미르 그러면 춤을 추게 하십시오.

  침묵.

   포조 (럭키에게) 돼지야, 들었니?

에스트라곤 거절하는 일은 없습니까?

   포조 한 번 거절했지요. (침묵.) 춤 좀 춰봐! 가련한 놈!

  럭키는 가방과 바구니를 놓고 앞으로 나가서 포조를 향해 본다. 럭키가 춤을 춘다. 멈춘다.

에스트라곤 그게 전부입니까?

   포조 앙코르!

  럭키는 똑같은 동작을 하고 나서 멈춘다.

에스트라곤 흥! 나도 그만큼은 하겠네. (그는 럭키의 흉내를 내다가 쓰러질 뻔한다.) 조금 연습만 하면 말이요.

   포조 이전에는 뛰는 춤도 췄고 싸우는 춤, 빠른 춤, 에스파냐의 쾌활한 춤, 활발한 뱃사람 춤도 추었지요. 기뻐서 날뛰었지요. 이제 더는 할 수 없습니다. 저놈이 저런 춤을

64

뭐라고 부르는지 아십니까?

에스트라곤 속죄양의 고민.

블라디미르 딱딱한 걸상.

포조 그물, 저놈은 제가 그물에 걸려 있다고 생각한답니다.

블라디미르 (심미가의 태도로 우물쭈물하며) 무슨 뜻이 있을 텐데…….

럭키는 짐 있는 데로 물러가려고 한다.

포조 기다렷!

럭키는 꼿꼿이 선다.

에스트라곤 저놈이 언제 거절을 했는지 말씀해주십시오.

포조 암, 하고 말고요. 하고 말고요. (그는 호주머니 속을 만져본다.) 가만히 (손으로 뭔가를 찾는다.) 내가 분무기를 어떻게 했나? (또 찾는다.) 아-니…… 이건 또…… (얼굴을 든다. 깜짝 놀라는 표정이다. 힘없이) 나는 분무기를 찾을 수가 없어!

에스트라곤 (힘없이) 내 왼쪽 폐가 몹시 약해졌어. (그는 힘없이 기침을 한다. 울리는 소리를 내며) 그러나 내 오른쪽 폐는 방울처럼 쟁쟁하지!

포조 (보통 음성으로) 관계없어! 내가 무슨 말을 하고 있었나? (그는 생각한다.) 가만히 (생각한다.) 아-니 이것이 아닌 가 …… (머리를 든다.) 도와주시오!

에스트라곤 가만히 있어!

블라디미르 가만히 있어!

포조 가만히 있어!

셋 다 모자를 동시에 벗는다. 손을 이마에 댄다. 정신을 집중한다.

에스트라곤 (승리한 듯이) 아!

블라디미르 알아냈군.

포조 (성급하게) 그래서?

에스트라곤 저놈이 왜 짐을 내려놓지 않느냐고 했지요.

블라디미르 헛소리!

포조 정말 그런가?

블라디미르 벌써 그 대답은 하지 않았습니까?

포조 내가 벌써 대답했다고?

에스트라곤 저이가 벌써 대답했다고?

블라디미르 어떻든 짐은 내려놓았어.

에스트라곤 (럭키를 얼핏 보며) 참 그렇군. 그래서 어떻단 말인가?

블라디미르 짐을 내려놓은 이상에야 왜 짐을 내려놓지 않느냐는 질문을 할 수는 없지 않을까?

포조 강력한 논리야!

에스트라곤 그러면 왜 저놈이 짐을 내려놓았을까?

포조 그 대답을 듣고 싶은데.

블라디미르 춤을 추기 위해서.

에스트라곤 사실 그래!

포조 사실이야!

침묵. 그들은 모자를 쓴다.

에스트라곤 아무 일도 생기지 않고, 아무도 오지 않고, 아무도 가지 않고, 참 지독하이!

블라디미르 (포조에게) 저이더러 생각을 하라고 하십시오.

포조 모자를 주어야지.

블라디미르 모자?

포조 모자 없이는 생각을 못합니다.

블라디미르 (에스트라곤에게) 모자를 줘보게.

에스트라곤 나더러! 저놈이 내게 무슨 짓을 했는데! 천만의 말씀일세.

블라디미르 내가 같이 가주겠네.

그는 움직이지 않는다.

에스트라곤　(포조에게) 제 발로 가서 가져오라고 하십시오.

　　포조　갖다 주는 게 좋습니다.

블라디미르　내가 줘야지.

그는 모자를 집어 들고 팔을 잔뜩 내밀며 럭키에게 준다. 럭키는 움직이지 않는다.

　　포조　머리에 씌워줘야지.

에스트라곤　(포조에게) 받으라고 하십시오.

　　포조　머리에 씌워주는 게 더 좋습니다.

블라디미르　내가 씌워줘야지.

그는 럭키의 뒤로 돌아가서 조심조심 가까이 나가 모자를 씌워주고 살짝 물러선다. 럭키는 움직이지 않는다. 침묵.

에스트라곤　저놈이 뭘 기다리고 있을까?

　　포조　뒤로 물러서요. (블라디미르와 에스트라곤은 럭키 있는 데서 물러선다. 포조는 끈을 당긴다. 럭키는 포조를 쳐다본다.) 돼지야, 생각햇! (잠깐 있다가 럭키가 춤을 추기 시작한다.)

그만! (럭키가 그만둔다.) 앞으로 갓! (럭키가 앞으로 간다.)
그만! (럭키가 그만둔다.) 생각햇!

침묵.

럭키 그 반면에, ……에 관해서…….

포조 그만! (럭키가 그만둔다.) 물러갓! (럭키가 물러간다) 그만!
(럭키가 선다.) 돌아섯! (럭키가 관중을 향하고 돌아선다.)
생각햇!

럭키가 긴 연설을 하는 동안 다른 사람들은 다음과 같이 반응
한다.

1. 블라디미르와 에스트라곤은 주의를 집중해서 듣고, 포조는 기
   운 없이 진절머리가 난 듯하다.

2. 블라디미르와 에스트라곤은 항의를 하기 시작한다. 포조의 고
   통은 심해진다.

3. 블라디미르와 에스트라곤은 다시 긴장하고 포조는 점점 더 흥
   분하며 신음한다.

4. 블라디미르와 에스트라곤은 맹렬히 항의한다. 포조는 훌쩍 뛰
   며 끈을 당긴다. 모두 큰 소리를 지른다. 럭키는 끈을 잡아당기
   고 비틀거리며 소리 내어 무엇인가를 외운다. 비틀거리며 무언

가 외우는 럭키의 몸에 다른 세 사람이 부딪친다.

럭키 인간의 형상으로 하느님을 만드니, 일반 대중 앞에 나
타나는 그의 모습, 그의 모습, 흰 수염, 흰 수염, 시간을
초월하여 시간이 가지 않고, 언어를 모르시고, 높으시
고 거룩하신 곳에 임하사, 우리를 각별히 사랑하시다.
그 이유는 모르되 시간이 경과하면 알게 되리라. 거룩
한 미란다의 고통 또한 알지 못할 일이로다. 시간이 경
과하면 알게 되련만, 고통 속에 헤매는, 지옥불에 헤매
는 무리들과 나란히, 그 불이 커지면 불꽃 피는 하늘, 불
타는 하늘, 의심하는 무리들과 나란히, 또다시 말하자
면 지옥을 폭발, 고요한 푸른 하늘마저 고요하고, 고요
한, 때때로 중단되는, 그러나 단절은 아닌, 그러나 그
리 단단치도 않은, 그보다는 미완성 노동의 결과로, 인
체측정학의 관을 쓰고 인간노동에 따르는, 의심보다
는, 의심이란 의심은 모두 다른 의심을 초월하여, 확실
히 아는 것을 생각하며, 테스튜와 쿠나드의 미완성 노
동의 결과, 다음과 같이 확정이 되나, 그다지 확실치는
않은 모양, 그 이유는 알 수 없고, 핀처와 와트만의 공
공사업의 결과, 모든 의심 초월하여 확립되도다. 파르
토브와 벨처의 노동을 생각하면 미완성, 테스튜와 쿠

나드의 노동도 미완성, 확실히 이룩한 것은 일반 대중이 이것을 부정하고, 이 세상 인간들을 간단히 말해보면 양분을 흡수하여 배설을 제대로 한다면서, 낭비가 있고 낭비와 고민을 동시에 하고, 외형적 문화의 발전에도 불구하고 운동경기를 원하며, 예를 들면 테니스, 야구, 달리기, 자전거 타기, 수영, 날기, 떠다니기, 말타기, 미끄럼, 가지각색 스케이팅, 테니스를 원하며, 죽으며 날아가는 가지각색 운동경기, 가을, 여름, 겨울, 가지각색 겨울 테니스, 모든 종류의 하기, 한마디로 말하면 페니실린과 대용약, 다시 계속해 말하면 날기, 미끄럼, 아홉 홀과 열여덟 홀짜리 골프, 한마디로 말하면 가지각색 테니스, 이유는 모르고, 페캄, 페캄, 풀람, 클래펌, 다시 말하면, 동시에 똑같이, 그보다도 이유는 모르나 시간이 말해주고 경과하리라. 다시 계속 말하노니, 풀람, 클래펌, 한마디로 말하노니, 한 사람이 죽으면 한 사람 손해, 버클리 주교가 죽은 이래 한 사람이 1인치 4온스에 들어맞고, 대략, 다소, 가장 근접한 십진법의 측정법에 따라, 둥근 몸에 아주 뻘거벗고 코네마라의 양말 신은 발에, 한마디로 알 수 없는 이유로, 사실이 어떻든 간에, 그보다도 더 고려할 것은, 중대한 것은, 스타인베그와 페터만의 노동이 손실되어, 그보다도 더 중요하게 생각되는 것은 스타인베그와 페터만이 상실한 노동에 비추어본다면 평지에서 산에서 바다에서 강에서 흐르는 물, 흐르는 불, 공기는 마찬가지, 그러고는 땅, 다시 말하면 공기, 그리고 땅, 굉장히 추운 데서 굉장한 어둠, 공기, 그리고 땅, 굉장히 추운데 돌이 있고 오호라 슬프도다. 주님의 기원 600년경에 공기, 땅, 바다, 땅, 돌이 있고, 큰 바다에 큰 추위, 바다에, 육지에, 공중에, 다시 말하노니, 이유는 알 수 없고, 테니스에도 불구하고, 사실은 거기 있으나, 시간이 알려주리라. 다시 말하노니 오호라 슬프다, 간단히 세밀히 돌이 있고, 누가 의심할 수 있으리오. 다시 말하노니, 그러나 그렇게 빨리는 못해, 해골이 사라지고 동시에 똑같이 그보다도 이유는 모르나, 테니스에도 불구하고, 수염에 불길, 눈물, 돌, 그렇게 파랗게 고요히, 오호라 슬프다, 두개골이 해골에 해골에 해골에 코네마라에서, 테니스에도 불구하고, 노동은 미완성인 채 끝나고, 더 중대한 것은, 돌이 있고 한마디로 다시 말하노니, 오호라 슬프다, 미완성인 채 버려진 코네마라의 해골 해골, 해골 테니스에도 불구하고 해골, 오호라 돌…… (과격해짐, 마지막 고함.) 테니스…… 돌…… 그렇듯 고요히…… 쿠나드…… 미완성…….

포조   저 녀석 모자!

블라디미르가 럭키의 모자를 잡는다. 럭키가 조용해진다. 쓰러진다. 침묵. 승리자들이 헐떡거린다.

에스트라곤   원수를 갚았다.

블라디미르가 모자를 살피며 안을 들여다본다.

포조   그 모자를 내게 주시오. (그는 블라디미르한테서 모자를 빼앗아 땅에 던지고 발로 밟는다.) 그놈이 생각하는 건 끝이야!

블라디미르   그러나 걸을 수는 있을까요?

포조   걷든지 기든지 해! (그는 럭키를 발로 찬다.) 돼지야, 일어낫!

에스트라곤   아마 죽었는지도 모르지요.

블라디미르   자네가 죽일 것 같네.

포조   일어낫! 이 벌레 같은 놈! (그는 끈을 당긴다.) 좀 거들어 주시오.

블라디미르   어떻게?

포조   그놈을 일으키시오.

블라디미르와 에스트라곤은 럭키를 일으켜서 잠깐 붙잡았다가 걸어가게 한다. 그는 쓰러진다.

에스트라곤   일부러 저러는 거야.

포조   저놈을 붙잡아야 합니다. 자, 어서 일으켜요.

에스트라곤   망할 놈 같으니.

블라디미르   자, 한 번 더.

에스트라곤   이놈이 우리를 뭐로 생각하는 거야?

그들은 럭키를 일으켜 부축한다.

포조   그놈을 놓지 마시오. (블라디미르와 에스트라곤은 비틀거린다.) 움직이지 마시오. (포조가 가방과 바구니를 집어 들고 럭키한테로 온다.) 그놈을 꼭 붙잡으시오. (그는 가방을 럭키의 손에 쥐어준다. 럭키는 곧 그것을 떨어뜨린다.) 이놈을 놓지 마시오. (그는 가방을 럭키의 손에 다시 쥐어준다. 점점 가방의 감각을 느끼며 럭키는 정신을 차리고 그의 손가락이 마침내 손잡이를 잡는다.) 이놈을 꼭 붙잡으시오. (바구니도 가방과 같이 손에 쥐어준다.) 자, 이제 놓아줄 수 있습니다. (블라디미르와 에스트라곤은 럭키한테서 물러간다. 럭키는 비틀비틀 하며 몸이 축 늘어진다. 그러나 두 손에 가방과 바구니를 들고 일어서는 데 성공한다. 포조는 뒤로 물러간다. 채찍질을 한다.) 앞으로 갓! (럭키는 비틀거리며 앞으로 나간다.) 물러갓! (럭키는 물러간다.) 돌아섯! (럭키는 돌아선다.) 됐어! 걸을 수 있게 되었어! (블라디미르와 에스트라곤에게 향하여) 두 분께 감사합니다. …… (그는 호주머니 속을 뒤진다.) …… 내가 바라기는…… (뒤진다.) …… 바라기는…… (뒤진다.) …… 내가 시계를 어떻게 했나? (뒤진다.) 진짜 회중시계, 보호용 케이스가 붙어 있는 진짜 회중시계인데! (흐느껴 울며) 할아버지가 주셨는데! (바닥을 찾아본다. 블라디미르와 에스트라곤도 같이 찾는다. 포조는 발로 럭키의 모자 나부랭이를 뒤적거린다.) 에이 이건…… 그저…….

블라디미르   당신 시계, 주머니 속에 있는지도 모르지요.

포조   가만히! (몸을 굽혀서 귀를 배에 대고 듣는다. 침묵.) 아무 소리도 안 들려. (그는 가까이 오라고 손짓을 한다. 블라디미르와 에스트라곤은 그에게 가서 그의 배 위에 엎드린다.) 확실히 똑딱 소리를 들어야 할 텐데.

블라디미르   조용히…….

모두 귀를 기울인다. 몸을 굽힌다.

에스트라곤   무슨 소리가 들리는군.

포조   어디서?

블라디미르   심장에서.

포조   (실망하며) 제기랄!

블라디미르   조용히!

에스트라곤   고동이 멎었나 봐.

모두 똑바로 선다.

포조   누구한테서 이런 몹쓸 냄새가 날까?

에스트라곤   저 사람은 입내가 나고 나는 발에서 냄새가 납니다.

포조   나는 가야지.

에스트라곤   그리고 당신의 회중시계는?

포조   집에 두고 왔을 거요.

침묵.

에스트라곤   그러면 안녕.

포조   안녕.

블라디미르   안녕.

포조   안녕.

침묵. 아무도 움직이지 않는다.

블라디미르 안녕.

포조 안녕.

에스트라곤 안녕.

침묵.

포조 그리고 감사합니다.

블라디미르 당신께 감사합니다.

포조 천만에.

에스트라곤 감사하고 말고요.

포조 아니, 아니.

블라디미르 감사하고 말고요.

에스트라곤 아니, 아니.

침묵.

포조 나는 못할 것 같아…… (오랫동안 주저하다가) …… 출발

하지 못할 것 같아.

에스트라곤 그런 게 인생입니다.

포조는 돌아선다. 럭키한테서 물러나서 무대 옆으로 간다. 가면서 끈을 풀어놓는다.

블라디미르 당신이 가는 길은 그쪽이 아닙니다.

포조 내게는 출발점이 필요합니다. (끈이 다 풀린 무대 끝에 와서 그는 발을 멈춘다. 돌아서서 운다.) 돌아섯! (블라디미르와 에스트라곤은 돌아서서 포조가 있는 쪽을 본다. 채찍 소리가 들린다.) 전진! 전진!

에스트라곤 전진!

블라디미르 전진!

럭키가 밖으로 나간다.

포조 더 빨리! (포조가 나타난다. 럭키를 앞세우고 무대를 횡단한다. 블라디미르와 에스트라곤은 모자를 흔든다. 럭키가 나간다.) 전진! 전진! (자기가 사라질 무렵에 발을 멈추고 돌아선다. 끈이 팽팽해진다. 럭키가 쓰러지는 소리가 들린다.) 걸상! (블라디미르가 걸상을 가지고 와서 포조에게 준다. 포조는 그것을 럭키에게 던진다.) 안녕!

블라디미르·에스트라곤 (손을 흔들며) 안녕! 안녕!

포조 일어낫! 돼지! (럭키가 일어나는 소리가 들린다.) 전진! (포조가 나간다.) 더 빨리! 전진! 안녕! 돼지! 캥캥! 안녕!

오랜 침묵.

블라디미르 이렇게 하는 동안 시간이 지나갔네그려.

에스트라곤 아무래도 시간은 지나갔을 거야.

블라디미르 그래, 그러나 그렇게 빨리는 안 지났을 거야.

가만히 있는다.

에스트라곤 이젠 무얼 할까?

블라디미르 모르겠네.

에스트라곤 우리 가세.

블라디미르 갈 수 없네.

에스트라곤 왜?

블라디미르 우리는 고도를 기다리고 있네.

에스트라곤 (절망적으로) 아!

가만히 있는다.

블라디미르 변하기도 했지.

에스트라곤 누가?

블라디미르 저 두 사람이.

에스트라곤 참 그렇네. 우리 얘기 좀 하세.

블라디미르 그렇지 않은가?

에스트라곤 뭐가?

블라디미르 변했단 말일세.

에스트라곤 암, 그럴 수 있지. 모두 다 변하지. 우리만 변할 수 없네.

블라디미르 그럴 수 있지, 확실히 그렇네. 자네 그들을 본 일이 없나?

에스트라곤 본 것 같네. 그러나 누군지 모르겠네.

블라디미르 자네는 알고 있는 걸세.

에스트라곤 아니, 모르네.

블라디미르 우리는 알고 있다니까 그래. 자네는 뭐든지 잊어버린
           단 말이야. (잠깐 있다가 혼잣말로) 같은 인물이 아닌 게
           아니라면…….

에스트라곤 그럼 그들이 왜 우리를 몰라보았을까?

블라디미르 쓸데없는 소리, 나도 모르는 척했네. 그러고 나서는 아
           무도 우리를 알아보는 사람이 없어.

에스트라곤 잊어버리게. 우리에게 필요한 것은…… 오! (블라디미르
           는 반응이 없다.) 오!

블라디미르 (혼잣말로) 같은 인물이 아닌 게 아니라면…….

에스트라곤 디디! 저쪽 발일세.

그는 흙더미 있는 쪽으로 절름거리며 간다.

블라디미르   같은 인물이 아니라고 안한다면…….

  소년   (무대 밖에서) 여보세요!

에스트라곤이 걸음을 멈춘다. 둘이 다 말소리 나는 데를 본다.

에스트라곤   또 시작이군.

블라디미르   아이야. 가까이 오너라.

소년이 수줍어하며 들어와서 발을 멈춘다.

  소년   앨버트 씨인가요?

블라디미르   그래.

에스트라곤   무슨 일로 왔니?

블라디미르   가까이 오너라!

소년은 움직이지 않는다.

에스트라곤   (힘을 내며) 가까이 오라는데 올 수 없어?

소년이 수줍어하며 앞으로 나와서 발을 멈춘다.

블라디미르   무슨 일이 있어?

소년   고도 선생님이…….

블라디미르   정말…… (조금 있다가) 가까이 와!

에스트라곤   (사납게) 가까이 오지 않을 테야? (소년은 수줍어하며 앞
으로 나온다.) 뭐 때문에 이렇게 늦게 왔어?

블라디미르   고도 선생이 전하는 말이야?

소년   예.

블라디미르   그래 무슨 말이야?

에스트라곤   뭐 때문에 이렇게 늦었어?

소년은 그들을 번갈아 바라보며 어느 쪽에 대답해야 좋을지 몰라
하고 있다.

블라디미르   (에스트라곤에게) 가만히 두게.

에스트라곤   (사납게) 자네는 나를 가만히 두게. (소년에게 나서며) 지
금이 몇 신지 알아?

소년   (움츠리며) 제 잘못이 아닙니다.

에스트라곤   그럼 누구 잘못이야? 내 잘못이란 말이야?

소년   저는 두려웠습니다.

에스트라곤 뭘 두려워해? 우리를? (가만히 있다가) 대답해!

블라디미르 나는 알겠네. 다른 사람들을 두려워했다는 걸세.

에스트라곤 얼마 동안이나 여기 와 있었어?

소년 꽤 오랜 시간이요.

블라디미르 채찍이 두려웠어?

소년 예.

블라디미르 으르렁거리는 소리를?

소년 예.

블라디미르 그 큰 두 사람을?

소년 예.

블라디미르 그들을 아는 거야?

소년 아니요.

블라디미르 너는 이 지방 사람이니? (침묵.) 넌 이 지방에 사는 거니?

소년 예.

에스트라곤 새빨간 거짓말. (소년의 팔을 흔들며) 바른 말을 해!

소년 (떨며) 그렇지만, 그게 사실입니다.

블라디미르 가만히 두게. 자네 웬일인가? (에스트라곤은 소년을 놓는다. 두 손으로 얼굴을 가리고 물러간다. 블라디미르와 소년은 그를 바라본다. 에스트라곤은 두 손을 내려놓는다. 그의 얼굴이 떨린다.) 자네 왜 그러나?

에스트라곤 나는 불행하네.

블라디미르　천만에! 언제부턴가?

에스트라곤　잊어버렸네.

블라디미르　기억의 장난이란 굉장한 거야. (에스트라곤은 말하려고 하
　　　　　　다가 그만둔다. 절뚝거리며 자기 자리로 간다. 앉아서 장화를
　　　　　　벗기 시작한다. 소년에게) 그래서?

　　소년　고도 선생님이…….

블라디미르　내가 너를 전에 본 적 있지?

　　소년　저는 모르겠습니다.

블라디미르　나를 모른다고?

　　소년　모릅니다.

블라디미르　어제 온 게 네가 아니야?

　　소년　아니에요.

블라디미르　지금 처음 왔어?

　　소년　예.

　　침묵.

블라디미르　할 말을, 할 말들을 (가만히 있다가) 말해봐!

　　소년　(단숨에) 고도 선생님이 오늘 저녁엔 못 오셔도 내일은
　　　　　　꼭 오신다고 전하라는 말씀을 하셨습니다.

84

침묵.

블라디미르   그뿐이야?

소년   예.

침묵.

블라디미르   너는 고도 선생의 심부름을 하느냐?

소년   예.

블라디미르   무슨 일을 해?

소년   염소를 지킵니다.

블라디미르   고도 선생은 네게 잘해주느냐?

소년   예.

블라디미르   너를 때리지 않아?

소년   아니요. 저는 때리지 않으십니다.

블라디미르   누구를 때리느냐?

소년   제 동생을 때리십니다.

블라디미르   아, 네게 동생이 있어?

소년   예.

블라디미르   네 동생은 뭘 하냐?

소년   양을 지킵니다.

블라디미르 너는 왜 때리지 않느냐?

소년 모르겠습니다.

블라디미르 너를 좋아하는 게로구나.

소년 모르겠습니다.

침묵.

블라디미르 네게 먹을 것을 넉넉히 주느냐? (소년은 머뭇머뭇한다.)
너를 잘 먹이느냔 말이야.

소년 괜찮게 먹여주십니다.

블라디미르 너는 불행하지 않으냐? (소년은 머뭇거린다.) 들었어?

소년 예.

블라디미르 그래서?

소년 모르겠습니다.

블라디미르 불행한지 어떤지 모르겠단 말이야?

소년 모르겠습니다.

블라디미르 너도 나와 같은 신세로구나. (침묵.) 너는 어디서 자느냐?

소년 외양간에서요.

블라디미르 네 동생과 같이?

소년 예.

블라디미르 마른 풀 속에서?

소년 예.

침묵.

블라디미르 좋다. 가도 좋다.

소년 고도 선생님께 뭐라고 말씀 드릴까요?

블라디미르 말할 것은…… (머뭇거린다.) 말할 건…… 우리를 만났
다고…… (가만히 있다가) 너, 우리를 만났잖아.

소년 예.

소년은 뒤로 물러간다. 머뭇거린다. 돌아선다. 뛰어나간다. 갑자
기 빛이 사라진다. 순식간에 밤이 된다. 뒤에서 달이 떠서 하늘로 올
라가 멈춘다. 무대 위에 창백한 빛을 던지며.

블라디미르 마침내! (에스트라곤은 일어나서 블라디미르한테로 간다. 두
손에 장화를 한 짝씩 들고. 장화를 무대 끝에 놓고 단정하게 서
서 달을 바라본다.) 자네 뭘 하고 있나?

에스트라곤 진력이 나서 파리해졌네.

블라디미르 에?

에스트라곤 승천하면서 동시에 우리와 동등한 무리를 내려다 보는
데 진력이 났네.

블라디미르　자네의 장화, 자네는 장화를 가지고 뭘 하고 있나?

에스트라곤　(돌아서서 장화를 보며) 나는 장화를 저기 놓아두겠
네. (가만히 있다가) 다른 사람이 오겠지. 바로⋯⋯ 바
로⋯⋯ 나처럼, 그러나 발이 좀 작은 사람이 오겠지. 그
러면 저 장화가 그 사람을 기쁘게 할 거야.

블라디미르　그러나 자네가 발 벗고 갈 수야 없지 않나!

에스트라곤　그리스도는 발을 벗었지.

블라디미르　그리스도! 그리스도가 그것과 무슨 관계인가? 자네는
자신을 그리스도와 비교하려는 건 아니겠지.

에스트라곤　나는 주욱 나 자신을 그리스도와 비교해왔었네.

블라디미르　그러나 그리스도가 살던 곳은 따뜻했고 땅이 건조했네.

에스트라곤　그렇지, 그리고 사람들은 그를 쉽사리 십자가에 못 박
았지.

침묵.

블라디미르　우리는 여기서 더 할 일이 없네.

에스트라곤　다른 데서도 할 일이 없지.

블라디미르　아, 고고, 그런 말을 자꾸 하지 말게. 내일이 되면 모든
일이 더 잘되겠지.

에스트라곤　그걸 자네는 어떻게 알고 있나?

블라디미르 그 소년이 한 말을 못 들었나?

에스트라곤 못 들었어.

블라디미르 고도가 내일은 확실히 온다고 하네. (가만히 있다가) 자네는 어떻게 생각하나?

에스트라곤 그럼, 우리가 할 일은 여기서 기다리는 것뿐일세.

블라디미르 자네는 미쳤나? 우리 뭔가 좀 덮어야겠네. (그는 에스트라곤의 팔을 붙잡는다.) 오게.

그는 에스트라곤을 자기 뒤에서 오라고 잡아당긴다. 에스트라곤은 따라간다. 그러고는 또 반항한다. 둘이 다 선다.

에스트라곤 (나무를 보며) 끈을 좀 가지고 있었더라면 좋았을 것을.

블라디미르 이리 오게, 춥네.

그는 에스트라곤을 자기 뒤에서 오라고 잡아당긴다.

에스트라곤 내일은 끈을 좀 가지고 오도록 내게 일러주게.

블라디미르 그래, 이리 오게.

그는 에스트라곤이 뒤에서 따라오도록 또 잡아당긴다.

에스트라곤 우리는 얼마 동안 같이 있었나?

블라디미르 모르겠네, 아마 50년 동안.

에스트라곤 자네는 내가 론 강물 속에 몸을 던진 날을 기억하고 있나?

블라디미르 우리는 포도를 따고 있었지.

에스트라곤 자네는 나를 건져냈지.

블라디미르 그건 지나간 과거의 일이야.

에스트라곤 내 옷은 햇볕에 말리고.

블라디미르 그런 지나간 소리를 해봤자 소용없네, 이리 오게.

그는 에스트라곤을 또 잡아당긴다.

에스트라곤 기다리게.

블라디미르 난 춥네.

에스트라곤 기다리게! (그는 블라디미르한테서 물러간다.) 난 가끔 이런 생각을 하네. 우리가 따로따로 떨어져 있으면 좋지 않을까 하고. (그는 무대를 횡단한다. 그리고 흙더미 위에 앉는다.) 우리는 같은 길을 걸어갈 팔자가 아니었네.

블라디미르 (화내지 않으며) 확실치 않네.

에스트라곤 아무것도 확실한 건 없네.

블라디미르는 천천히 무대를 횡단해서 에스트라곤 옆에 앉는다.

블라디미르 만일 자네가 좋다면 지금도 우리는 작별할 수 있네.
에스트라곤 이제는 그럴 필요가 없네.

  침묵.

블라디미르 그렇네, 이제는 그럴 필요가 없네.

  침묵.

에스트라곤 자, 우리 가볼까?
블라디미르 그래, 가세.

  두 사람 다 움직이지 않는다.

(막)

2막

다음 날

같은 시간

같은 장소

에스트라곤의 장화가 정면 중앙에 놓여 있다. 뒤축은 나란히 놓이고 앞부리는 벌려 있다. 럭키의 모자가 같은 장소에 있다. 나무에는 잎이 네다섯 달려 있다. 블라디미르가 흥분해서 들어온다. 발을 멈추고 한참 나무를 쳐다보더니 갑자기 날치며 무대 위를 돌기 시작한다. 장화 앞에서 발을 멈춘다. 장화를 한 짝 집어서 살펴보더니 냄새를 맡아보고 싫은 표정을 하며 조심조심 있던 자리에 놓는다. 왔다 갔다 한다. 무대 오른쪽 끝에 와서 선다. 그러고는 이마에 손을 대고 먼 곳을 내다본다. 왔다 갔다 한다. 무대 왼쪽 끝에 가서 전과 같이 발을 멈춘다. 왔다 갔다 한다. 갑자기 선 채 큰 소리로 노래를 부르기 시작한다.

블라디미르   개 한 마리 들어왔네…….

　음을 너무 높게 시작해서 멈췄다가 기침을 하고 나서 다시 시작한다.

　　　　　개 한 마리 들어왔네, 주방 안으로
　　　　　들어와서 빵 한 조각 슬쩍 훔쳤네.
　　　　　요리사가 나타났네, 국자 가지고
　　　　　그러고는 개를 때려 죽였다 하네.

　　　　　그러니까 개란 개는 다 뛰어왔네
　　　　　그러고는 죽은 개의 무덤을 팠네…….

　멈춘다. 생각한다. 다시 계속한다.

　　　　　그러니까 개란 개는 다 뛰어왔네
　　　　　그러고는 죽은 개의 무덤을 팠네.
　　　　　앞으로 찾아오는 개들을 위해
　　　　　비석에 이런 말을 써서 두었네.

　　　　　개 한 마리 들어왔네, 주방 안으로

그러고는 빵 한 조각 살짝 훔쳤네.
요리사가 나타났네, 국자 가지고
그러고는 개를 때려 죽였다 하네.

그러니까 개란 개는 다 뛰어왔네
그러고는 죽은 개의 무덤을 팠네…….

멈춘다. 생각한다. 다시 계속한다.

그러니까 개란 개는 다 뛰어왔네
그러고는 죽은 개의 무덤을 팠네…….

멈춘다. 생각한다. 다시 계속한다.

그러니까 개란 개는 다 뛰어왔네
그러고는 죽은 개의 무덤을 팠네…….

멈춘다. 생각한다. 부드럽게.

그러고는 죽은 개의 무덤을 팠네…….

한참 조용히 움직이지 않고 있다가 다시 흥분해서 무대 위를 돌기 시작한다. 그는 나무 앞에서 멈춘다. 왔다 갔다 한다. 장화 앞에서 왔다 갔다 한다. 오른쪽 끝에 와서 멈춘다. 먼 데를 내다본다. 왼쪽 끝에 가서 또 먼 데를 내다본다. 에스트라곤이 맨발로, 머리를 숙이고 오른쪽에서 들어온다. 그는 천천히 무대를 횡단한다. 블라디미르가 돌아서서 그를 본다.

블라디미르   자네도 왔네그려! (에스트라곤은 발을 멈춘다. 그러나 고개를 들지 않는다. 블라디미르는 그에게 간다.) 이리 오게. 내가 껴안아줄게.
에스트라곤   날 건드리지 말게.

블라디미르는 괴로운 듯이 뒷걸음한다.

블라디미르   나더러 물러가란 말인가? (잠깐 있다가) 고고! (잠깐 있다가 블라디미르는 그를 자세히 살펴본다.) 자네 얻어맞았나? (잠깐 있다가) 고고! (에스트라곤은 말 없이 고개를 숙인 채로 있다.) 밤에 어디서 지냈나?
에스트라곤   날 건드리지 말게. 내게 질문을 하지 말게! 내게 말을 걸지 말게! 나와 같이 있어주게!
블라디미르   내가 자네를 떠나본 적이 있던가?

에스트라곤 자네는 나를 가라고 놓아주었네.

블라디미르 나를 쳐다보게. (에스트라곤은 고개를 들지 않는다. 사납게)
나를 좀 쳐다보지 않겠나?

에스트라곤은 머리를 든다. 두 사람은 오랫동안 서로 쳐다보고
있다. 그러고는 갑자기 껴안는다. 서로 등을 쳐주며 포옹이 끝난다.
에스트라곤은 기대고 있다가 거의 쓰러질 듯한다.

에스트라곤 지루한 하루!

블라디미르 자네를 누가 때렸나? 말해주게.

에스트라곤 또 하루가 지나갔네.

블라디미르 아직 아니야.

에스트라곤 내게는 하루가 지나고 끝장이 났네, 무슨 일이 있든 간
에. (침묵.) 자네가 노래하는 걸 들었네.

블라디미르 그래, 나도 기억이 나네.

에스트라곤 그것이 나를 망쳐버렸네. 나는 이렇게 혼잣말을 했지.
저놈이 저 혼자 있으니까 내가 아주 가버린 줄 알고 노
래를 부르고 있군.

블라디미르 사람이란 자기 기분을 다스릴 수 없는 거야. 나는 하루
종일 기분이 아주 좋았네. (잠깐 있다가) 밤에 한 번도 깨
지 않았네.

에스트라곤 (슬프게) 내가 없을 때 자네는 오줌을 더 잘 누지.

블라디미르 자네가 보고 싶었네……. 그리고 동시에 나는 기쁘기
도 했네. 이상한 일이지?

에스트라곤 (깜짝 놀라며) 기뻐?

블라디미르 아마 꼭 들어맞는 말은 아니겠지.

에스트라곤 그리고 지금은?

블라디미르 지금? (기쁘게) 자네도 여전하지…… (냉정하게) 우리도
여전하고…… (침울하게) 나도 여전하지.

에스트라곤 자네는 내가 같이 있으면 더 기분이 나쁜 모양인데, 나
도 혼자 있으면 더 기분이 좋다네.

블라디미르 (안절부절못하며) 그럼 자네는 왜 항상 되돌아오나?

에스트라곤 모르겠네.

블라디미르 그러나 나는 알고 있지. 그건 자네가 스스로를 방어할
줄 모르기 때문이야. 나 같으면 남에게 얻어맞지는 않
을 걸세.

에스트라곤 자네도 막을 수는 없었을 거야.

블라디미르 왜?

에스트라곤 열 사람이나 덤벼들었는데.

블라디미르 아니, 내가 말하는 건, 그놈들이 자네를 때리기 전에 말
이야. 자네가 무슨 일을 했든 간에 나 같으면 그걸 못하
게 막았을 거야.

에스트라곤	나는 아무 일도 한 일이 없네.
블라디미르	그럼 그놈들이 왜 자네를 때렸나?
에스트라곤	모르겠네.
블라디미르	아니, 고고, 사실대로 말이지, 자네가 모르는 일을 나는 모르고 있지 않네. 자네도 그걸 알아야 해.
에스트라곤	난 아무 일도 하지 않았다는데.
블라디미르	아마 그랬을지도 모르지. 그러나 무슨 일을 하든 간에, 그 일을 하는 방법이 중요하단 말이야, 그 방법이. 자네가 계속해서 살기를 바란다면 말일세.
에스트라곤	난 아무 일도 하지 않았네.
블라디미르	자네도 진심으로 기뻐할 걸세. 만일 자네가 이걸 알기만 한다면 말이야.
에스트라곤	무엇을 기뻐해?
블라디미르	내게 다시 돌아온 걸 말일세.
에스트라곤	자네는 그렇게 생각하나?
블라디미르	그렇다고 말해주게. 비록 사실이 그렇지 않더라도 말이야.
에스트라곤	자네는 그렇게 말하고 싶나?
블라디미르	'난 기쁘다'라고 말해주게.
에스트라곤	난 기쁘다.
블라디미르	나도 기쁘다.

에스트라곤   나도 기쁘다.

블라디미르   우린 기쁘다.

에스트라곤   우린 기쁘다. (침묵.) 이제 우린 기쁘니까 뭘 할까?

블라디미르   고도를 기다리지. (에스트라곤은 신음한다. 침묵.) 어제와
　　　　　　 달라진 게 있네.

에스트라곤   만일 그가 오지 않으면.

블라디미르   (잠깐 당황하고 나서) 그 시간이 될 때까지 두고 보세. (잠
　　　　　　 깐 있다가) 어제와는 달라진 게 있다니까.

에스트라곤   모든 데서 고름이 흘러나오네.

블라디미르   나무를 보게.

에스트라곤   매 순간 흘러나오는 고름이 같은 건 하나도 없네.

블라디미르   저 나무, 나무를 보게.

　　에스트라곤은 나무를 본다.

에스트라곤   어제는 저게 없었던가?

블라디미르   물론 있었지, 기억에 없나? 우리는 저기서 목매달아 죽
　　　　　　 을 뻔했지. 그러나 자네가 안 하려고 했어. 자네 기억이
　　　　　　 나지?

에스트라곤   자네는 그런 꿈을 꾸었군.

블라디미르   벌써 자네가 그걸 잊었을 리가 없어.

100

에스트라곤   나는 그렇게 돼먹었어. 금방 잊어버리든지 그러지 않
        으면 아주 잊어버리지 않든지 하지.

블라디미르   그리고 포조와 럭키, 그들도 잊어버렸나?

에스트라곤   포조와 럭키?

블라디미르   다 잊어버렸군.

에스트라곤   미친 놈이 내 정강이를 찼다는 것은 기억하네. 그러고
        는 그놈이 광대짓을 했지.

블라디미르   그것이 럭키야.

에스트라곤   난 기억하고 있네. 그런데 그게 언제였나?

블라디미르   그리고 그놈을 데리고 있던 사람도 기억하고 있나?

에스트라곤   내게 뼈다귀를 준 사람이지.

블라디미르   그건 포조야.

에스트라곤   그게 다 어제 일이라고?

블라디미르   그럼, 물론 어제였지.

에스트라곤   그리고 여기는 지금 어디인가?

블라디미르   여기가 어디라고 생각하나? 자네는 이 장소를 알아보
        지 못하겠나?

에스트라곤   (갑자기 펄펄 뛰며) 알아본다? 뭘 알아보란 말인가? 더러
        운 일생 동안 나는 진흙 속에서 기어 다녔어. 그래도 자
        네는 경치 얘기를 했지! (주위를 두리번두리번 돌아보며)
        이 더러운 거름 무더기를 보게! 나는 거기서 꼼짝도 못

하고 있었네.

블라디미르 진정하게, 진정해.

에스트라곤 자네와 자네가 말하는 경치! 내게는 구더기에 대한 얘기나 해주게.

블라디미르 그럼에도 자네는 여기서…… (손짓을 한다.) 예를 들면…… (머뭇거린다.) 마콩 지방과 같다고는 말할 수 없겠지. 아주 다르다는 걸 부인할 수는 없지.

에스트라곤 마콩 지방! 누가 자네한테 마콩 지방에 대한 얘기를 했을까?

블라디미르 바로 자네가 거기 있었지, 마콩 지방에.

에스트라곤 아니야. 나는 마콩 지방에 가본 적이 없어! 나는 구역질 나는 인생을 여기서 토해버렸네! 바로 여기서 말이야! 이 캐콩이라는 지방에서!

블라디미르 그러나 우리는 거기 같이 있었네. 정말 그렇네. 포도를 따면서…… 그 사람의 이름이 생각나지 않네. (손가락을 '딱' 소리를 내며 튕긴다.) …… 그 사람을 위해서…… 그 장소의 이름이 생각나지 않네. (손가락을 다시 튕긴다.) 그 장소에서, 자네 기억하고 있나?

에스트라곤 (조금 진정하며) 있을 수 있는 일이지. 내게는 아무것도 눈에 띄지 않았네.

블라디미르 그러나 거기서는 뭐든지 다 붉은색이야.

에스트라곤   (화가 나서) 내게는 아무것도 눈에 띄지 않았다는데!

침묵. 블라디미르는 긴 한숨을 쉰다.

블라디미르   자네와 사이좋게 지내기가 참 힘들어.

에스트라곤   우리가 갈라지면 더 좋을 거야.

블라디미르   자네는 언제나 그런 말을 하고 나서 언제든지 다시 찾
아오지.

에스트라곤   제일 상책은 다른 사람들을 죽이듯이 나를 죽여버리는
일일 거야.

블라디미르   다른 누구를? (잠깐 있다가) 다른 누구를?

에스트라곤   수많은 다른 사람들처럼 말이야.

블라디미르   (격언 조로) 사람마다 조그만 십자가를 지고 (그는 탄식
한다.) 죽을 때까지 (다시 생각난 듯이) 그리고 기억에서
사라지네.

에스트라곤   그동안 우리 조용히 얘기 좀 해보세. 우리는 말 없이 있
을 수 없으니까.

블라디미르   자네 말이 맞네. 우리는 피로를 모르니까.

에스트라곤   생각을 안 하기 위해서 그런 거야.

블라디미르   우리는 그런 구실을 가지고 있네.

에스트라곤   말소리를 듣지 않기 위해서 그런 거야.

블라디미르   우리 나름의 이유가 있지.

에스트라곤   모든 죽은 음성들.

블라디미르   그런 것들이 날아가는 새의 날개처럼 소리를 내고 있네.

에스트라곤   나뭇잎처럼.

블라디미르   모래알처럼.

에스트라곤   나뭇잎처럼.

    침묵.

블라디미르   모두 한꺼번에 말을 하네.

에스트라곤   제각기 혼잣말을.

    침묵.

블라디미르   아니, 속삭이고 있네.

에스트라곤   살랑살랑하고 있네.

블라디미르   중얼거리네.

에스트라곤   살랑거리네.

    침묵.

블라디미르 무슨 내용일까?

에스트라곤 저들이 사는 얘기.

블라디미르 살아왔다고만 하면 부족해.

에스트라곤 내용을 얘기해야지.

블라디미르 죽었다고만 하면 부족해.

에스트라곤 불충분하네.

　침묵.

블라디미르 저들은 펄럭이는 새 깃털처럼 소리를 내네.

에스트라곤 나뭇잎처럼.

블라디미르 타고 남은 재처럼.

에스트라곤 나뭇잎처럼.

　오랜 침묵.

블라디미르 말을 좀 하게!

에스트라곤 하려고 하네.

　오랜 침묵.

블라디미르   (화가 나서) 무슨 말이든지 좀 해주게

에스트라곤   우린 이제 뭘 할까?

블라디미르   고도를 기다리지.

에스트라곤   아!

침묵.

블라디미르   끔찍하네!

에스트라곤   노래를 좀 하게.

블라디미르   아니 아니! (그는 생각한다.) 우리는 아마 처음부터 다시
시작할 수 있겠지.

에스트라곤   그것이야 쉽겠지.

블라디미르   어려운 건 다름 아닌 시작이라네.

에스트라곤   무슨 일이든 시작할 수 있지.

블라디미르   그래, 그러나 결정을 내야지.

에스트라곤   맞아.

침묵.

블라디미르   좀 거들어주게!

에스트라곤   거들려고 하네.

106

침묵.

블라디미르   들으려고 하면 들리는 법이야.

에스트라곤   그래.

블라디미르   그렇게 하면 구하지 못하게 돼.

에스트라곤   그래.

블라디미르   그렇게 하면 생각을 못하게 돼.

에스트라곤   그래도 생각은 하게 되네.

블라디미르   아니, 아니, 불가능해.

에스트라곤   참 좋은 생각이야. 우리 서로 반박해보세.

블라디미르   불가능해.

에스트라곤   자네는 그렇게 생각하나?

블라디미르   이 이상 더 생각할 위험성은 우리에게 없네.

에스트라곤   그럼 우린 뭐가 불평인가?

블라디미르   생각한다고 하는 것이 최악의 경우는 아니지.

에스트라곤   그럴지도 모르지. 그러나 적어도 저것이 있지.

블라디미르   저것이라니?

에스트라곤   참 그래, 우리 서로 질문을 해보세.

블라디미르   그게 무슨 뜻인가? 적어도 저것이 있다는 건?

에스트라곤   그만큼 비극이 덜하단 말일세.

블라디미르   맞아.

에스트라곤   그래서? 우리가 자비심을 가졌다고 스스로 감사한다면?

블라디미르   생각을 가지고 있다는 건 무서운 일이야.

에스트라곤   그러나 그런 일이 우리에게 있었던가?

블라디미르   이 시체들은 어디서 다 왔나?

에스트라곤   이 해골들은.

블라디미르   그 대답을 해주게.

에스트라곤   사실 그래.

블라디미르   우리가 조금은 생각을 했을 거야.

에스트라곤   맨 처음에.

블라디미르   납골당! 납골당!

에스트라곤   볼 필요는 없네.

블라디미르   안 볼 수 있나.

에스트라곤   사실 그래.

블라디미르   암만 애를 써도.

에스트라곤   뭐라고?

블라디미르   암만 애를 써도.

에스트라곤   우리는 결국 자연으로 돌아가야 해.

블라디미르   그렇게 하려고 했네.

에스트라곤   사실 그래.

블라디미르   오, 그게 최악의 경우가 아닌 줄은 알고 있네.

에스트라곤   뭐가?

블라디미르 생각을 했다는 거 말이야.

에스트라곤 확실히.

블라디미르 그러나 생각 안 하고도 잘 살아왔지.

에스트라곤 자네 무얼 보고 있나?

블라디미르 무어라고 그랬나?

에스트라곤 자네는 뭘 보고 있냐고!

블라디미르 아! 자네 무얼 보냐고? 암, 그렇지.

침묵.

에스트라곤 그렇게 늦은 건 아니네.

블라디미르 그래, 그러나 이제 우리는 다른 걸 구해봐야지.

에스트라곤 글쎄.

그는 모자를 벗고 긴장한다.

블라디미르 글쎄. (모자를 벗고 긴장한다. 오랜 침묵.) 아!

두 사람은 모자를 쓰고 긴장이 풀린다.

에스트라곤 그래서?

블라디미르 내가 무슨 말을 하고 있었나? 거기서부터 계속할 수 있을 텐데.

에스트라곤 언제 자네가 무슨 말을 하고 있었단 말인가?

블라디미르 맨 처음에.

에스트라곤 무슨 맨 처음에?

블라디미르 오늘 저녁…… 내가 말하기를…… 내가 말하기를…….

에스트라곤 나는 역사가가 아닐세.

블라디미르 가만히 있게…… 우리는 포옹을 했네…… 기뻐 했
네…… 기뻤어…… 기쁘니까 이제 우리는 뭘 할까……
계속해서 기다리지…… 좀 생각해야겠네…… 이제 생
각이 나오네…… 계속 기다리지…… 우리가 기쁘니
까…… 가만히…… 아! 나무!

에스트라곤 나무?

블라디미르 자네 기억이 나지 않나?

에스트라곤 나는 피곤하네.

블라디미르 저기 보게.

두 사람은 나무를 본다.

에스트라곤 내게는 아무것도 안 보이네.

블라디미르 그러나 어제 저녁에는 저것이 거멓고 벌거숭이였어.
그런데 지금은 잎이 덮였네.

에스트라곤 잎이?

블라디미르 하룻밤 사이에.

에스트라곤 봄이 왔나 봐.

블라디미르 그러나 하룻밤 사이에!

에스트라곤 우리는 어제 여기 와 있지 않았다니까. 또 자네는 잠꼬대를 하고 있어.

블라디미르 그럼 우리가 어제 저녁에 어디에 가 있었단 말인가?

에스트라곤 내가 어떻게 알 수 있겠나? 여기서 일단 떠나가면 어디를 가나 텅텅 비어 있는 걸.

블라디미르 (자신 있게) 그래, 우리는 어제 저녁에 여기 와 있지 않았네. 그럼 우리는 어제 저녁에 뭘 했을까?

에스트라곤 뭘 했냐구?

블라디미르 기억을 좀 해보게.

에스트라곤 무얼 했냐구…… 쓸데없는 말을 한 것 같네.

블라디미르 (억지로 참으며) 뭐에 대해서.

에스트라곤 오…… 이런저런 것에 대해서였지. 특별히 이렇다 할 일은 없었어. (자신 있게) 그래, 이제 생각이 나네. 어제 저녁에 우리는 별일은 아니지만 그런 일에 대해서 쓸데없는 소리를 하며 지냈어. 그렇게 계속하기를 반세기나 했다네.

블라디미르 확실히 기억에 남은 사실은 없나? 무슨 주위 환경에 관해서든지?

에스트라곤 (피로해서) 디디, 나를 괴롭히지 말아주게.

블라디미르 해와 달, 기억나지 않나?

에스트라곤 언제나 있듯이 거기도 그런 게 있었겠지.

블라디미르 무슨 특별한 건 눈에 띄지 않았나?

에스트라곤 오호라!

블라디미르 포조? 럭키는?

에스트라곤 포조?

블라디미르 고기 뼈는?

에스트라곤 생선 뼈 같았는데.

블라디미르 그걸 자네에게 준 게 포조였다네.

에스트라곤 나는 몰라.

블라디미르 그리고 발에 채였지.

에스트라곤 그래, 누가 나를 찼어.

블라디미르 자네를 찬 게 럭키야.

에스트라곤 그게 다 어제 있었던 일이란 말인가?

블라디미르 자네 다리 좀 보여주게.

에스트라곤 어느 쪽?

블라디미르 양쪽 다. 바지를 걷어보게. (에스트라곤은 한쪽 다리를 블라디미르에게 내민다. 비틀거린다. 블라디미르는 그 다리를 붙잡는다. 둘 다 비틀거린다.) 바지를 걷어 올리게.

에스트라곤   걷어 올릴 수 없네.

  블라디미르는 바지를 걷어 올리고 다리를 본다. 다리를 놓는다. 에스트라곤 거의 쓰러지려고 한다.

블라디미르   저쪽 다리. (에스트라곤은 같은 다리를 보인다.) 돼지야, 저 쪽 다리! (에스트라곤은 다른 쪽 다리를 보인다. 승리한 듯이) 여기 상처가 있네, 곪기 시작했네.

에스트라곤   그래서 어떻단 말인가?

블라디미르   (다리를 놓으며) 자네, 장화는 어디 있나?

에스트라곤   내버린 모양이지.

블라디미르   언제?

에스트라곤   모르겠네.

블라디미르   왜?

에스트라곤   (화를 내며) 왜 모르는지 난 몰라.

블라디미르   아니 내 말은, 왜 장화를 내버렸냔 말이야.

에스트라곤   (화를 내며) 왜냐하면 발이 아프니까 말이지.

블라디미르   (의기양양하게 장화를 가리키며) 저기 있네! (에스트라곤은 장화를 본다.) 어제 자네가 놓고 간 바로 그 자리에 있네.

  에스트라곤은 장화 있는 데로 가서 자세히 장화를 살펴본다.

에스트라곤 내 것이 아니야!

블라디미르 (멍해지며) 자네 것이 아니라고?

에스트라곤 내 건 검은색이었어, 이건 갈색이야.

블라디미르 확실히 자네 장화가 검은색이었나?

에스트라곤 저…… 일종의 회색이야.

블라디미르 이건 갈색이야, 보게나.

에스트라곤 (장화를 한 짝 집으며) 그런데 이건 일종의 연두색이야.

블라디미르 보여주게. (에스트라곤은 장화를 준다. 블라디미르는 장화를
살펴보고 화가 나서 내던진다.) 아니 모든…….

에스트라곤 알겠나, 온통 피비린내 나는…….

블라디미르 아! 다 알겠네, 그래 무슨 일이 생겼는지 알겠네.

에스트라곤 온통 피비린내 나는…….

블라디미르 근본 문제일세. 누가 와서 자네 것을 가져가고 자기 것
을 자네에게 주고 갔네.

에스트라곤 왜?

블라디미르 자기 것이 너무 팽팽해서 자네 것을 가져갔네.

에스트라곤 그러나 내 것이 너무 팽팽했지.

블라디미르 자네에게만 그렇지. 그 사람에겐 안 그렇거든.

에스트라곤 (신어보려고 애쓰다가 못 신고) 나는 피곤하네! (잠깐 있다
가) 우리 가세.

블라디미르 갈 수 없네.

에스트라곤 왜 못 가나?

블라디미르 고도를 기다리고 있네.

에스트라곤 아! (잠깐 있다가 절망적으로) 우리는 뭘 할까! 어떻게 할까!

블라디미르 우리가 할 수 있는 일이라곤 없네.

에스트라곤 그러나 계속해서 이렇게 지낼 수는 없네.

블라디미르 자네 무를 먹겠나?

에스트라곤 무밖에 없나?

블라디미르 작은 무도 있고 큰 무도 있고.

에스트라곤 당근은 없나?

블라디미르 없네. 하지만 자네는 당근만 너무 좋아하는군.

에스트라곤 그럼 작은 무를 주게. (블라디미르는 호주머니 속을 뒤지다가 큰 무밖에 찾아내지 못한다. 마침내 작은 무를 꺼내 들고 에스트라곤에게 준다. 에스트라곤은 그것을 살펴보고 냄새를 맡는다.) 이건 검은색이야!

블라디미르 그건 무야.

에스트라곤 나는 분홍색만 좋아하네. 자네도 알면서!

블라디미르 그럼 자네는 이게 싫은가?

에스트라곤 나는 분홍색인 것만 좋아하네.

블라디미르 그럼 그걸 도로 주게.

에스트라곤은 그것을 도로 준다.

에스트라곤 내가 가서 당근을 얻어 오겠네.

그는 움직이지 않는다.

블라디미르 이것 참 아무 소용도 없게 되어가네.
에스트라곤 아주 그렇지도 않지.

침묵.

블라디미르 시험해보는 게 어떤가?
에스트라곤 나는 모든 걸 시험해보았네.
블라디미르 아니, 내 말은 장화를 신어서 시험해보란 말이야.
에스트라곤 괜찮을까?
블라디미르 그렇게 해서 시간이 가는 거지. (에스트라곤은 머뭇거린
다.) 확실히 그걸로 일거리를 삼을 수도 있네.
에스트라곤 기분 전환.
블라디미르 오락거리.
에스트라곤 기분 전환.
블라디미르 해보세.

에스트라곤 자네가 거들어주겠나?

블라디미르 물론 거들어주지.

에스트라곤 디디, 우리끼리는 너무 심하게 대하지 말자구.

블라디미르 그래 그래, 우선 왼쪽부터 해보세.

에스트라곤 디디, 우리는 언제나 뭔가를 찾아내는데, 우리가 살아
있다는 느낌을 받기 위해서일까?

블라디미르 (성급하게) 그래 그래, 우리는 요술쟁이야. 그러나 잊어
버리기 전에 결심한 대로 노력해보세. (그는 장화를 하나
집는다.) 자, 자네 발을 좀 보세. (에스트라곤은 한쪽 발을
든다.) 이 돼지야, 저쪽 발을! (에스트라곤은 저쪽 발을 든
다.) 더 높이! (서로 얼싸안고 무대 위를 비틀거리며 돌아간
다. 블라디미르는 마침내 장화를 신기는 데 성공한다.) 걸어
보게. (에스트라곤은 걷는다.) 어떤가?

에스트라곤 맞네.

블라디미르 (호주머니에서 끈을 꺼내며) 끈을 매어보세.

에스트라곤 (맹렬히 반대하며) 아니 아니, 끈은 안 돼, 끈은 안 돼!

블라디미르 자네 후회할 걸세, 저쪽을 신어보세. (전과 같이 한다.) 어
떤가?

에스트라곤 (마지못해서) 이것도 맞네.

블라디미르 아프지 않은가?

에스트라곤 아직은 안 아프네.

블라디미르 그럼 자네가 신을 수 있네.

에스트라곤 너무 커서.

블라디미르 양말을 신을 때도 있겠지.

에스트라곤 사실 그래.

블라디미르 그럼, 자네가 이 장화를 가지겠나?

에스트라곤 장화에 대해선 이제 그만.

블라디미르 그래, 그러나······.

에스트라곤 (사납게) 그만! (침묵.) 앉아볼까 봐.

그는 앉을 자리를 찾는다. 그러고는 흙더미에 가서 앉는다.

블라디미르 어제 저녁에 자네가 바로 거기 앉아 있었다네.

에스트라곤 잠을 좀 잘 수 있었으면.

블라디미르 어제는 자네가 잠을 잤어.

에스트라곤 잠을 자보겠네.

그는 또다시 태아 모양을 하고 머리를 무릎 사이에 넣는다.

블라디미르 잠깐만. (그는 가서 에스트라곤 옆에 앉으며 큰 소리로 노래
　　　　　　를 부르기 시작한다.)
　　　　　　바이 바이 바이 바이.

바이 바이…….

에스트라곤 (성이 나서 쳐다보며) 그렇게 소리 지르지 마!

블라디미르 (조용히)

바이 바이 바이 바이.

바이 바이 바이 바이.

바이 바이 바이 바이.

바이 바이…….

(에스트라곤은 잔다. 블라디미르는 조용히 일어나서 외투를 벗어 에스트라곤의 어깨에 걸쳐준다. 그러고는 자기 몸을 덥게 하기 위해서 두 팔을 휘두르며 걸어서 왔다 갔다 한다. 에스트라곤은 놀라서 깨어난다. 펄쩍 뛴다. 두리번두리번하며 무언가 찾는다. 블라디미르가 뛰어가서 두 팔을 얼싸안는다.) 여기…… 여기…… 디디가 여기 있어…… 무서워하지 말게.

에스트라곤 아!

블라디미르 자…… 그만…… 이제 끝났네.

에스트라곤 나는 떨어지고 있었어…….

블라디미르 다 끝났네. 다 끝났어.

에스트라곤 나는 꼭대기에서…….

블라디미르 말하지 말게! 자, 걸어가며 잊어버리세.

그는 에스트라곤의 팔을 잡고 걸으며 왔다 갔다 한다. 마침내 에스트라곤은 더 걷기를 사양한다.

에스트라곤 이제 그만, 난 고단하네.

블라디미르 아무것도 안 하면서 거기 그냥 있겠단 말인가?

에스트라곤 그래.

블라디미르 마음대로 하게.

그는 에스트라곤을 놓고 자기 외투를 집어서 입는다.

에스트라곤 우리 가보세.

블라디미르 갈 수 없네.

에스트라곤 왜 못 가?

블라디미르 고도를 기다리고 있네.

에스트라곤 아! (블라디미르는 왔다 갔다 한다.) 자네는 가만히 있을 수 없나?

블라디미르 난 춥네.

에스트라곤 우리는 너무 일찍 왔네.

블라디미르 언제나 밤인 걸 뭐.

에스트라곤 그러나 밤은 오지 않네.

블라디미르 밤은 어제처럼 갑자기 올 거야.

에스트라곤 그러고는 아주 밤이 될 거야.

블라디미르 그러면 우리가 갈 수 있게 되지.

에스트라곤 그러고는 다시 낮이 될 거야. (가만히 있다가 절망적으로) 우리는 뭘 할까, 뭘 할까!

블라디미르 (발을 멈추며 사납게) 우는 소리 좀 그치지 않겠나! 내 뱃 속엔 자네의 통곡 소리가 가득 차 있네.

에스트라곤 나는 가겠네.

블라디미르 (럭키의 모자를 보며) 앗!

에스트라곤 잘 있게.

블라디미르 럭키의 모자. (모자 있는 데로 간다.) 한 시간 동안이나 여기 있으면서 이것을 보지 못했어. (매우 기뻐하며) 잘됐어.

에스트라곤 자네는 나를 또 만나지 못할 걸세.

블라디미르 이것이 바로 그 장소라는 것을 나는 알고 있었지. 우리 걱정은 끝났어. (그는 모자를 집어 들고, 보면서 생각한다. 모자를 똑바로 잡는다.) 훌륭한 모자가 틀림없어. (그는 그 모자를 쓰고 자기 것은 에스트라곤에게 준다.) 자.

에스트라곤 뭐라고?

블라디미르 이걸 받아.

에스트라곤은 블라디미르의 모자를 받는다. 블라디미르는 럭키 의 모자를 자기 머리에 맞춘다. 에스트라곤은 블라디미르의 모자를

자기 것 대신에 쓴다. 자기 것은 블라디미르에게 준다. 블라디미르
는 에스트라곤의 모자를 받는다. 에스트라곤은 블라디미르의 모자
를 자기 머리에 맞춘다. 블라디미르는 럭키의 모자 대신에 에스트
라곤의 모자를 쓴다. 럭키 모자는 에스트라곤에게 준다. 에스트라
곤은 럭키의 모자를 받는다. 블라디미르는 에스트라곤의 모자를 자
기 머리에 맞춘다. 에스트라곤은 럭키의 모자를 블라디미르의 모자
대신에 쓴다. 블라디미르의 모자는 블라디미르에게 준다. 블라디미
르는 자기 모자를 받는다. 에스트라곤은 럭키의 모자를 머리에 맞
춘다. 블라디미르는 에스트라곤의 모자 대신에 자기 모자를 쓴다.
에스트라곤의 모자는 에스트라곤에게 준다. 에스트라곤은 자기의
모자를 받는다. 블라디미르는 자기 모자를 자기 머리에 맞춘다. 에
스트라곤은 자기의 모자를 럭키의 모자 대신에 쓴다. 럭키의 모자
는 블라디미르에게 준다. 블라디미르는 럭키의 모자를 받는다. 에
스트라곤은 자기의 모자를 자기 머리에 맞춘다. 블라디미르는 자
기 모자 대신에 럭키의 모자를 쓴다. 자기의 모자는 에스트라곤에
게 준다. 에스트라곤은 블라디미르의 모자를 받는다. 블라디미르는
럭키의 모자를 자기 머리에 맞춘다. 에스트라곤은 블라디미르의 모
자를 블라디미르에게 준다. 블라디미르는 모자를 받아서 에스트라
곤에게 준다. 에스트라곤은 모자를 받아서 다시 블라디미르에게 준
다. 블라디미르는 모자를 받아서 땅에 내던진다.

블라디미르   내게 잘 맞나?

에스트라곤   내가 어떻게 알겠나?

블라디미르   그래, 그렇지만 내가 모자를 쓴 모양이 어떤가?

그는 애교를 부리며 모자를 이리저리 돌린다. 마네킹처럼 군다.

에스트라곤   소름이 끼치네.

블라디미르   그래, 보통 때보다 더하지는 않지?

에스트라곤   더하지도 않고 덜하지도 않고.

블라디미르   그럼 나는 이걸 가질 수 있네. 내 것은 갑갑했어. (가만히
             있다가) 뭐라고 할까? (가만히 있다가) 가려웠어.

그는 럭키의 모자를 벗고 안을 들여다보고 나서 턴다. 꼭대기를
탁탁 친다. 다시 머리에 쓴다.

에스트라곤   나는 가겠네.

침묵.

블라디미르   놀지 않겠나?

에스트라곤   뭘 하고 놀아?

블라디미르 포조와 럭키의 연극을 할 수 있지.

에스트라곤 그런 소린 들어본 적이 없네.

블라디미르 나는 럭키가 될 테니 자네는 포조가 되어보게. (그는 럭키의 흉내를 내며 무거운 짐을 들고 축 늘어지는 척한다. 에스트라곤은 멍하니 그를 바라본다.) 다음을 계속하게.

에스트라곤 나는 무얼 해야 되나?

블라디미르 나를 저주해보게!

에스트라곤 (생각하고 나서) 고약한 놈!

블라디미르 더 크게!

에스트라곤 임질! 매독!

블라디미르는 반쯤 굽힌 몸을 흔든다.

블라디미르 나더러 생각해보라고 하게.

에스트라곤 뭐?

블라디미르 돼지야, 생각해봐! 이렇게 말하게. .

에스트라곤 돼지야, 생각해봐!

침묵.

블라디미르 생각은 못하겠네!

에스트라곤 이제 그만.

블라디미르 날더러 춤을 추라고 하게.

에스트라곤 나는 가겠네.

블라디미르 돼지야, 춤을 춰. (그는 몸을 튼다. 에스트라곤은 조급히 나 가버린다.) 나는 할 수 없어! (그는 쳐다보고 에스트라곤이 없어서 섭섭해 한다.) 고고. (그는 무대에서 몸부림친다. 에스 트라곤은 헐떡이며 왼쪽에서 들어온다. 급히 블라디미르한테 로 가서 그의 두 팔 안에 쓰러진다.) 마침내 돌아왔군!

에스트라곤 나는 저주를 받았네.

블라디미르 자네는 어디 있었나? 나는 자네가 아주 가버린 줄 알 았네.

에스트라곤 그들이 오고 있었네.

블라디미르 누구?

에스트라곤 몰라.

블라디미르 몇이나?

에스트라곤 몰라.

블라디미르 (승리한 듯이) 고도가 오는 것일세, 마침내. 고고. 그건 고도야. 우리는 구원을 받았네. 우리 그를 맞으러 가세. (그는 에스트라곤을 끌고 무대 끝으로 간다. 에스트라곤은 버 티고 선다. 뿌리치고 자유로운 몸이 된다. 오른쪽으로 나간다.) 고고, 되돌아오게! (블라디미르는 왼쪽 끝으로 뛰어간다. 수

평선을 내다본다. 에스트라곤이 오른쪽에서 들어온다. 그는 블라디미르가 있는 쪽으로 급히 간다. 그의 두 팔 안에 쓰러진다.) 또다시 돌아왔네그려.

에스트라곤 나는 지옥에 있네.

블라디미르 어디 갔었나?

에스트라곤 그들은 거기서도 오고 있었네.

블라디미르 우리는 포위 당하고 있네! (에스트라곤은 뒤로 빨리 물러 간다.) 바보! 거기는 나갈 길이 없어. (그는 에스트라곤의 팔을 잡고 앞으로 끈다. 앞으로 오라는 시늉을 한다.) 자! 한 사람도 보이지 않네! 자, 가세! 빨리! (그는 에스트라곤 을 관중이 있는 쪽으로 내민다. 에스트라곤은 무서운 듯이 움 츠린다.) 안 가겠나? (그는 관람석을 살펴본다.) 참, 나도 알 수 있겠네. 알아낼 때까지 기다려주게. (그는 생각한다.) 자네의 유일한 희망이 없어지게 되었네.

에스트라곤 어디로?

블라디미르 나무 뒤로. (에스트라곤은 머뭇거린다.) 빨리 나무 뒤로! (에스트라곤은 나무 뒤에 가서 웅크린다. 자기가 숨을 수 없다 는 것을 알게 된다. 나무 뒤에서 나온다.) 이 나무가 우리에 게 아무 소용도 없으리란 것은 확실하네.

에스트라곤 (조용히) 나는 머리가 돌았네. 다시는 이런 일이 없을 거 야. 내가 뭘 해야 할지 말 좀 해주게.

블라디미르 아무 할 일도 없네.

에스트라곤 자네 저기 가 서서 있게. (그는 블라디미르를 오른쪽 끝으로 가서 무대를 등지고 서게 한다.) 자, 움직이지 말고 지켜주게. (블라디미르는 손을 눈썹에 대고 수평선을 내다본다. 에스트라곤은 왼쪽 끝으로 뛰어가서 똑같은 자리에 선다. 두 사람은 머리를 돌려서 서로 쳐다본다.) 그 옛날 좋은 시절에 하듯이 서로 등을 맞대세. (그들은 잠시 계속해서 서로 쳐다보다가 다시 앞쪽을 경계한다. 오랜 침묵.) 뭐가 오는 것이 좀 보이나?

블라디미르 (머리를 돌리며) 뭐라고?

에스트라곤 (더 크게) 뭐가 오는 것이 좀 보이나?

블라디미르 아니.

에스트라곤 나도 안 보여.

경비를 계속한다. 침묵.

블라디미르 자네가 환상을 보고 그랬나 봐.

에스트라곤 (머리를 돌리며) 뭐라고?

블라디미르 (더 크게) 자네가 환상을 보고 그랬나 봐.

에스트라곤 악쓸 필요는 없네.

두 사람은 경비를 계속한다. 침묵.

블라디미르·에스트라곤　(동시에 돌아다보며) 자네…….

블라디미르　오, 용서하게.

에스트라곤　먼저 말하게.

블라디미르　아니 아니, 자네가 말한 다음에.

에스트라곤　아니 아니, 자네가 먼저.

블라디미르　나는 자네가 할 말을 방해했네.

에스트라곤　천만에.

서로 성이 나서 노려본다.

블라디미르　예의 바른 원숭이!

에스트라곤　꼼꼼한 돼지!

블라디미르　자네가 말을 끝내라니까!

에스트라곤　자네 말이나 끝내게!

침묵. 서로 가까이 다가선다. 걸음을 멈춘다.

블라디미르　바보!

에스트라곤　바로 그거야. 우리 서로 욕해보세.

두 사람은 돌아선다. 멀리 떨어진다. 다시 돌아선다. 그리고 서로 맞대어 선다.

블라디미르　바보!

에스트라곤　해충!

블라디미르　병신!

에스트라곤　사면발이!

블라디미르　시궁창 쥐새끼!

에스트라곤　부젓가락!

블라디미르　백치!

에스트라곤　(말을 끝내려는 듯이) 불평꾼!

블라디미르　오!

그는 맥이 풀린다. 졌다. 물러선다.

에스트라곤　이제, 우리 화해하세.

블라디미르　고고!

에스트라곤　디디!

블라디미르　자네 손을!

에스트라곤　잡아주게!

블라디미르　내 품으로 오게!

에스트라곤 자네 품으로?

블라디미르 나의 가슴!

에스트라곤 자!

그들은 포옹한다. 떨어진다. 침묵.

블라디미르 재미있을 때는 시간도 빨리 가지!

침묵.

에스트라곤 이젠 뭘 할까?

블라디미르 기다리는 동안에.

에스트라곤 기다리는 동안에.

침묵.

블라디미르 운동을 할 수 있지.

에스트라곤 움직이는 일.

블라디미르 들뜨는 일.

에스트라곤 기분 전환.

블라디미르 온몸을 늘이는 일.

에스트라곤   기분 전환.

블라디미르   따뜻하게 하고.

에스트라곤   차분히 가라앉히고.

블라디미르   자, 시작.

블라디미르는 한 발씩 번갈아 올리며 뛴다. 에스트라곤은 흉내 낸다.

에스트라곤   (멈추며) 그만, 나는 피곤하네.

블라디미르   (멈추며) 우리는 체력이 좋지 않네. 심호흡을 좀 하면 어 떤가?

에스트라곤   나는 숨 쉬느라고 피곤해졌네.

블라디미르   옳아. (잠깐 있다가) 우리 그저 나무가 되어보세, 몸의 균 형이 필요하니까.

에스트라곤   나무?

블라디미르는 나무 흉내를 낸다. 한쪽 발로 비틀거린다.

블라디미르   (멈추며) 자네 차례일세.

에스트라곤은 나무 흉내를 낸다. 비틀거린다.

에스트라곤   자네는 하느님이 나를 보시리라고 생각하나?

블라디미르   눈을 감아야지.

에스트라곤은 눈을 감고 더 비틀거린다.

에스트라곤   (가만히 서서 주먹을 휘두르며 음성을 힘껏 높여서) 하느님

　　　　　　이시어, 저를 불쌍히 여기소서!

블라디미르   (당황해서) 그리고 저도?

에스트라곤   저를! 저를! 불쌍히! 저를!

포조와 럭키가 돌아온다. 포조는 눈이 멀었고 럭키는 전과 같이 짐을 들고 있다. 전과 같이 끈이 있으나 훨씬 짧아졌다. 그래서 포조는 더 쉽게 따라갈 수 있다. 럭키는 다른 모자를 쓰고 있다. 블라디미르와 에스트라곤을 보고 그는 걸음을 멈춘다. 포조는 계속해서 걸어가다가 럭키에게 부딪친다.

블라디미르   고고!

　포조   (비틀거리는 럭키에게 달라붙으며) 뭐냐, 누구냐?

럭키는 쓰러진다. 짐을 떨어뜨리고 포조도 함께 넘어진다. 두 사람은 분산된 짐과 함께 무력하게 누워 있다.

에스트라곤 저것이 고도인가?

블라디미르 마침내! (그는 그들이 누워 있는 데로 간다.) 마침내 증원군
이 왔군!

포조 도와주시오.

에스트라곤 그게 고도인가?

블라디미르 우리는 약해지기 시작했네. 이제 오늘 저녁에는 끝장
이 나겠네.

포조 도와주시오!

에스트라곤 자네 저 소리가 들리나?

블라디미르 우리는 이제 고독하지 않네. 밤을 기다리며 고도를 기
다리며······ 기다리며 기다리며. 저녁 내내 우리는 아
무 도움 없이 애써왔지. 이제는 끝났어. 벌써 내일이 되
었네.

포조 도와주시오!

블라디미르 벌써 또 시간이 흘러가네. 해가 지고 달이 뜨겠지, 그리
고 우리는 여기서······ 떠나가버리고.

포조 불쌍히 여기소서!

블라디미르 불쌍한 포조!

에스트라곤 그인 줄만 알고 있었네.

블라디미르 누구?

에스트라곤 고도.

블라디미르 그러나 고도가 아니네.

에스트라곤 고도가 아니야?

블라디미르 고도가 아니야.

에스트라곤 그럼 누구인가?

블라디미르 포조야.

포조 여보시오, 여보시오. 날 일으켜주시오.

블라디미르 저이가 일어날 수 없다네.

에스트라곤 우리 가보세.

블라디미르 갈 수 없네.

에스트라곤 왜 못 가?

블라디미르 고도를 기다리고 있네.

에스트라곤 아!

블라디미르 저이가 우리를 위해서 뼈다귀를 또 하나 가지고 있는지
도 모르지.

에스트라곤 뼈다귀?

블라디미르 닭고기, 기억이 나지 않나?

에스트라곤 저 사람인가?

블라디미르 그래.

에스트라곤 물어보게.

블라디미르 먼저 저 사람을 도와줘야 하지 않겠나.

에스트라곤 뭘?

블라디미르 일어나도록.

에스트라곤 일어날 수 없나?

블라디미르 일어나기를 원하고 있네.

에스트라곤 그럼 일어나게 해주게.

블라디미르 그는 일어날 수 없어.

에스트라곤 왜 못 일어나?

블라디미르 몰라.

포조는 몸부림친다. 신음한다. 주먹으로 바닥을 친다.

에스트라곤 먼저 뼈다귀를 달라고 해야지. 거절하면 저놈을 저기
내버려두지.

블라디미르 우리가 저이를 맘대로 처분할 수 있단 말인가?

에스트라곤 그래.

블라디미르 그리고 우리의 선행을 어떤 조건에 붙여야 한단 말인가?

에스트라곤 뭐라고?

블라디미르 그건 아주 현명해 보일지도 모르네. 하지만 한 가지 내
가 걱정하는 게 있네.

포조 도와주시오!

에스트라곤 뭐라고?

블라디미르 저 럭키가 갑자기 해방될지도 모르네. 그렇게 되면 우

리는…….

에스트라곤   럭키?

블라디미르   어제 자네에게 덤벼든 놈 말이야.

에스트라곤   열 명이나 있었는데.

블라디미르   아니, 그 전에 자네를 찬 놈 말이야.

에스트라곤   그놈이 저기 있나?

블라디미르   실물처럼 크나큰 놈이지. (럭키를 가리킨다.) 이 순간엔
　　　　　　꿈쩍 못하고 있지만 언제 날뛸지 모르네.

　　　포조   도와주시오!

에스트라곤   우리 둘이서 실컷 때려주면 어떤가?

블라디미르   그놈이 자는 동안 그 몸 위에 우리가 올라타잔 말인가?

에스트라곤   그래.

블라디미르   그것도 좋은 생각이네. 그런 일을 우리가 할 수 있을까?
　　　　　　그놈이 정말 자고 있을까? (잠깐 있다가) 아니 포조가 도
　　　　　　와달라는 청을 이용하는 게 제일 좋을 거야.

　　　포조   도와주시오!

블라디미르   그를 도와주기 위하여…….

에스트라곤   우리가 그를 도와?

블라디미르   확실한 보수를 톡톡히 기대하며.

에스트라곤   그리고 만일 그가…….

블라디미르   쓸데없는 소리로 시간을 허비하지 마세. (조금 있다가 열

렬히) 우리 무슨 일을 좀 하세. 기회가 있는 동안에! 우리가 매일매일 이 세상에서 필요한 인물도 아니지. 사실 우리가 개인으로는 필요한 인물이 못 돼. 다른 사람들도 더 나을 것은 없지만 이런 경우에 똑같이 부딪히지. 모든 인류에게 호소하는 저 울음소리, 아직도 도와달라는 소리가 우리 귀에 울리고 있어! 그러나 이 장소, 이 순간에는 모든 인류란 것이 결국 우리를 말하는 거야. 좋든 싫든 간에. 때를 놓치기 전에 우리 이걸 이용해보세. 잔인한 운명으로 태어난 고약한 족속들을 한 번만이라도 어디 근사하게 대표해보세. 자네 생각은 어떤가? (에스트라곤은 아무 말도 안한다.) 사실 말이지 우리가 팔짱을 끼고 왈가왈부하는 동안은 우리 족속에 대해서 체면이 안 서는 것도 아니네. 호랑이는 조금도 주저하는 일 없이 동족을 구해내려고 뛰어든다네. 그러지 않으면 깊은 숲 속으로 도망쳐버리는 거야. 그러나 그게 문제가 되는 건 아니네. 우리가 여기서 뭘 하느냐가 문제야. 우리는 그 대답을 알고 있다는 점에서 축복을 받은 거야. 그렇네. 이 무서운 혼란 가운데서도 한 가지만은 확실하네. 우리는 고도가 오기를 기다리고 있다는 것……

에스트라곤   아!

포조   도와주시오!

블라디미르   그러지 않으면 밤이 되기를……. (잠깐 있다가) 우리는 약속을 지켜왔네. 그리고 이게 마지막이야. 우리는 성인이 아니네. 그러나 우리는 약속을 지켜왔네. 이런 자랑을 할 수 있는 사람이 몇이나 될 것인가?

에스트라곤   얼마든지 있지.

블라디미르   그렇게 생각하나?

에스트라곤   모르겠네.

블라디미르   자네가 옳을지도 몰라.

포조   도와주시오!

블라디미르   내가 아는 건 이것뿐일세. 이런 상태에서는 시간이 걸린다는 것이야. 그리고 시간이 흐르는 동안에…… 뭐라고 할까…… 불합리한 세상 일을 합리적으로 보게 되고 마침내 그게 습관이 돼버린단 말이야. 자네 생각에는 그것이 우리의 그릇된 판단력을 막아내기 위함이라고 할지도 몰라. 의심할 여지도 없네. 그러나 그런 건 끝도 없는 심연의 칠흑 같은 어둠 속에서 오랫동안 헤매는 꼴이 아니겠는가? 내 말을 알아듣겠나?

에스트라곤   (격언체로, 한 번만) 인간은 모두 낳을 때부터 정신이 돌았어. 어떤 인간들은 그대로 돌아서 살지.

포조   도와주시오! 내가 값을 낼 테니!

에스트라곤   얼마나?

포조   100프랑!

에스트라곤   그거 가지고는 안 돼.

블라디미르   나 같으면 그렇게까지는 안 버티겠네.

에스트라곤   자네는 그걸로 된다고 생각하나?

블라디미르   아니, 내가 세상에 태어날 때 머리가 나빴다는 걸 주장
하는 한에서 그렇다는 것이네. 그러나 그건 문제가 아
니야.

포조   200프랑!

블라디미르   우리는 기다리고 있네. 진력이 나네. (그는 손을 쳐든다.)
아니, 항의는 하지 말게. 진력이 나서 죽을 지경이야. 부
인할 수 없는 일이야. 됐네. 좀 색다른 일이 생길 때 우
리가 하는 일이란 무엇인가? 그저 흐지부지해버리고
말지. 자, 우리 뭐라도 좀 해보세. (그는 포조와 럭키가 누
워 있는 쪽으로 나간다. 성큼성큼 걸어가다가 걸음을 멈춘다.)
순식간에 모든 게 다 사라지고 우리는 또다시 혼자 남
아 있게 될 거야. 텅 빈 한가운데서!

그는 생각한다.

포조   200프랑!

블라디미르 도우러 갑니다!

그는 포조를 끌어 일으키려다가 실패한다. 다시 해본다. 비틀거
린다. 쓰러진다. 일어나려고 하다가 못 일어난다.

에스트라곤 도대체 무슨 일인가?

블라디미르 도와주게!

에스트라곤 나는 갈 테야.

블라디미르 나를 떠나지 말아주게. 저들이 나를 죽일 거야.

포조 여기가 어디요?

블라디미르 고고!

포조 도와주시오!

블라디미르 도와주게!

에스트라곤 나는 가겠네.

블라디미르 먼저 나를 일으켜주게. 그러면 우리가 같이 가지.

에스트라곤 약속하겠나?

블라디미르 맹세하네.

에스트라곤 그리고 다시는 돌아오지 않지?

블라디미르 다시는 안 와!

에스트라곤 우리 피레네 산맥으로 가세.

블라디미르 어디든지 자네가 좋다는 곳으로.

에스트라곤 나는 언제나 피레네 산맥에서 유랑하고 싶었네.

블라디미르 자네는 거기서 유랑하게 될 걸세.

에스트라곤 (움츠리며) 누가 방귀를 뀌었나?

블라디미르 포조가.

포조 여보시오, 여보시오, 불쌍히 여겨주시오.

에스트라곤 참 몸서리가 나네!

블라디미르 빨리! 자네 손을 주게!

에스트라곤 나는 가겠네. (잠깐 있다가 더 크게) 나는 가겠네.

블라디미르 그럼 결국 내 힘으로 일어나게 될 거야. (그는 일어나려고 하다가 실패한다.) 때가 되면 말이야.

에스트라곤 자네 웬일인가?

블라디미르 지옥에나 가게.

에스트라곤 거기 머물러 있겠나?

블라디미르 당분간은.

에스트라곤 자, 일어나게. 감기 들겠네.

블라디미르 내 걱정 말게.

에스트라곤 자, 디디, 고집 부리면 안 돼.

그는 손을 내민다. 그 손을 블라디미르가 잡으려고 서둔다.

블라디미르 잡아당기게.

에스트라곤은 잡아당긴다. 쓰러진다. 오랜 침묵.

포조　도와주시오!

블라디미르　우리가 와 있소.

포조　당신들은 누구시오?

블라디미르　우리는 사람이요.

침묵.

에스트라곤　어머니 같이 인자한 이 땅!

블라디미르　자네는 일어날 수 있겠나?

에스트라곤　모르겠네.

블라디미르　일어나보게.

에스트라곤　지금은 안 돼. 지금은 안 돼.

침묵.

포조　무슨 일이 생겼소?

블라디미르　(사납게) 가만히 있지 못해! 이 독충 같은 놈! 제 일밖에

　　　　생각 못하는 놈!

에스트라곤　잠을 좀 자면 어때?

블라디미르　자네 들었나? 무슨 일이 생겼는지 알고 싶다는 거야.

에스트라곤　걱정 말고 잠이나 자게.

침묵.

　　포조　불쌍히 불쌍히 여기소서!

에스트라곤　(놀라며) 무슨 일이야?

블라디미르　자네 좀 잤나?

에스트라곤　잤을 거야.

블라디미르　이 놈의 잡종 포조가 또 시작했어.

에스트라곤　그 소리 좀 그치게 해주게. 그놈의 가랑이를 발로 차
　　　　　　　주게.

블라디미르　(포조를 치며) 가만히 있어, 사면발이야! (포조는 아픈 소
　　　　　　　리를 내며 도망친다. 기어 나간다. 멈춘다. 도움을 구하면서 손
　　　　　　　을 휘젓는다. 블라디미르는 포조가 도망치는 것을 바라본다.)
　　　　　　　그놈이 가버렸네! (포조가 쓰러진다.) 쓰러졌다!

에스트라곤　우린 이제 뭘 할까?

블라디미르　내가 그놈한테 기어갈 수 있겠지.

에스트라곤　나를 떠나지 말아주게!

블라디미르　아니, 그놈을 부를 수 있지.

에스트라곤　그래, 부르게.

블라디미르 포조! (침묵.) 포조! (침묵.) 아무 대답도 없네.

에스트라곤 같이 불러보세.

블라디미르·에스트라곤 포조! 포조!

블라디미르 가버렸네.

에스트라곤 확실히 그 이름이 포조인가?

블라디미르 (놀라며) 포조씨! 돌아오세요. 해치지 않을 테니!

    침묵.

에스트라곤 다른 이름으로 불러볼 수 있겠지.

블라디미르 아마 그놈이 죽어가는 모양이네.

에스트라곤 재미있을 거야.

블라디미르 뭐가 재미있단 말인가?

에스트라곤 다른 이름으로 불러보는 거 말이야. 각각 다른 이름으
      로. 그렇게 하면 시간이 잘 갈 거야. 그렇게 하다 보면
      조만간 꼭 들어맞는 이름을 떠올리게 될 거야.

블라디미르 그의 이름은 포조라니까.

에스트라곤 곧 알게 되겠지. (그는 생각한다.) 아벨! 아벨!

     포조 도와주시오!

에스트라곤 하나는 맞췄네!

블라디미르 나는 이런 얘기에 싫증이 났네.

에스트라곤   아마 다른 이름은 카인일 거야. 카인! 카인!

포조   도와주시오!

에스트라곤   인간성을 상징하는 이름이야. (침묵.) 저 조그만 구름 조각을 보게.

블라디미르   (눈을 들며) 어디?

에스트라곤   저기 하늘 꼭대기.

블라디미르   그래서? (잠깐 있다가) 뭐가 그리 놀라운가?

침묵.

에스트라곤   우리 다른 얘기를 좀 해보세. 괜찮겠나?

블라디미르   나도 그런 생각을 하고 있었네.

에스트라곤   그러나 무슨 얘기를 할까?

블라디미르   아!

침묵.

에스트라곤   우리 일어서서 시작해보세.

블라디미르   그렇게 해보는 것도 해롭지 않지.

그들은 일어선다.

에스트라곤   어린애 놀음.

블라디미르   단순한 의지력의 문제.

에스트라곤   그리고 이제는?

포조   도와주시오!

에스트라곤   우리 가보세.

블라디미르   갈 수 없네.

에스트라곤   왜 못 가나?

블라디미르   우리는 고도를 기다리고 있네.

에스트라곤   아! (절망적으로) 우리는 뭘 할까? 무얼 할까?

포조   도와주시오!

블라디미르   저 사람을 도와주면 어때?

에스트라곤   저 사람이 뭘 원하고 있나?

블라디미르   일어나기를 원하네.

에스트라곤   그럼 왜 일어나지 않아?

블라디미르   우리더러 일으켜 달라는 거야.

에스트라곤   그럼 우리는 왜 그렇게 하지 않아? 우리는 무엇을 기다
리고 있나?

그들은 포조를 도와서 일으키고 놓아준다. 그는 쓰러진다.

블라디미르   붙잡아야지. (그들은 포조를 다시 일으킨다. 포조는 두 사람

146

사이에서 축 늘어진다. 두 팔을 두 사람 목에 감고) 기분이 좀
나아졌소?

포조 당신은 누구요?

블라디미르 우리를 모릅니까?

포조 나는 눈이 멀었소.

침묵.

에스트라곤 아마 미래를 내다볼 수는 있겠지.

블라디미르 언제부터?

포조 이전에는 시력이 굉장히 좋았는데…… 그렇지만 당신
들은 친구들이요?

에스트라곤 (소리 내어 웃으며) 우리가 친구인지 알고 싶어 하는군.

블라디미르 아니, 자기의 친구냐고 묻는 거야.

에스트라곤 그래서?

블라디미르 우리는 도와서 친구라는 걸 증명했지.

에스트라곤 그래 맞아. 친구가 아니라면 우리가 도와주었겠나?

블라디미르 그럴 수도 있지.

에스트라곤 사실이야.

블라디미르 지금 이거 가지고 옥신각신하지 마세.

포조 당신들은 강도가 아닙니까?

에스트라곤 강도라니! 우리가 강도처럼 보이나?

블라디미르 젠장, 장님이라는 걸 모르나?

에스트라곤 젠장, 참 그렇지. (가만히 있다가) 그렇다고 제 입으로 그 랬지.

포조 나를 떠나지 마시오.

블라디미르 문제없지요.

에스트라곤 이 순간만은.

포조 지금 몇 신가요?

블라디미르 (하늘을 쳐다보며) 7시…… 8시…….

에스트라곤 일년 중에도 철에 따라 다를걸.

포조 지금이 저녁입니까?

침묵. 블라디미르와 에스트라곤은 해가 지는 것을 본다.

에스트라곤 해가 뜨네.

블라디미르 불가능한 일이야.

에스트라곤 아마 새벽인지도 모르지.

블라디미르 못난 소리 말게. 저기가 서쪽이야.

에스트라곤 그걸 어떻게 아나?

포조 (괴로워하며) 지금이 저녁입니까?

블라디미르 어떻든 해가 움직이지 않았어.

에스트라곤 해가 뜬다고 하니까 그래.

포조 왜 대답을 안 해줍니까?

에스트라곤 대답할 기회가 있어야지.

블라디미르 (다시 확인하며) 저녁입니다. 저녁입니다. 밤이 가까워
옵니다. 여기 있는 이 친구가 그걸 의심하도록 해서 내
가 잠깐 흔들렸다고 고백해야지요. 그러나 이렇게 긴
긴 하루를 지낸 건 무의미한 일이 아니었지요. 그리고
내가 확실히 말할 수 있지만 이제는 거의 끝나가지요.
(잠깐 있다가) 지금은 기분이 어떠시오?

에스트라곤 우리는 언제까지 이 사람을 데리고 있어야 하나? (그들
은 포조를 반쯤 놓아준다. 쓰러지려고 할 때 다시 붙잡는다.)
우리가 기둥 노릇을 해야 하는 건 아니겠지.

블라디미르 당신은 이전에 시력이 좋았다고 하셨지요. 만일 내가
잘못 듣지 않았다면요.

포조 굉장한! 굉장한! 굉장한 시력이었소!

침묵.

에스트라곤 (성급하게) 자세히 설명해봐요. 자세히!

블라디미르 내버려두게. 행복했던 시절을 생각하고 있는 걸 모르
나? (잠깐 있다가) 지난날의 좋은 기억…… 불쾌한 일인

건 틀림없네.

에스트라곤 우리는 모를 일이야.

블라디미르 그러고 나서 갑자기 장님이 되었단 말이요?

포조 아주 굉장했지!

블라디미르 내가 묻는 것은 갑자기 그렇게 장님이 됐느냐 말이오.

포조 어느 날씨 좋은 날 깨어보니 눈먼 팔자가 되었더군요. (잠깐 있다가) 나는 아직 자고 있는 것이 아닐까 여길 때도 있지요.

블라디미르 그리고 언제 그리 된 일인가요?

포조 모르지요.

블라디미르 그러나 어제보다 전에 된 일은 아니겠……

포조 (사납게) 질문을 하지 말아요. 눈먼 사람에겐 시간 관념이 없으니까. 시간에 속하는 일은 눈먼 사람에게 알려지지 않으니까.

블라디미르 아이구 저것 좀 봐! 바로 그 반대라고 나는 장담할 수 있을 텐데.

에스트라곤 나는 가보겠네.

포조 우리가 있는 곳은 어디요?

블라디미르 나는 그 대답을 할 수 없어요.

포조 혹시 보드라고 하는 데가 아닌가요?

블라디미르 그런 이름 들어본 일이 없는데.

포조	어떤 모양을 한 땅인가요?
블라디미르	(돌아보며) 형용할 수 없는데. 아무 모양도 없고 아무 물건도 없고, 나무가 한 그루 있지요.
포조	그럼 보드가 아니야.
에스트라곤	(축 늘어지며) 무슨 좀 색다른 점이 있었으면!
포조	내 하인은 어디 있소?
블라디미르	어디 이 근처에 있겠지요.
포조	내가 불러도 왜 대답을 안 할까?
블라디미르	몰라요. 자고 있는 거 같은데 죽었는지도 모르지요.
포조	무슨 일이 생겼는지 똑바로 말해주시오.
에스트라곤	똑바로라니!
블라디미르	당신네가 둘이서 미끄러졌지요. (잠깐 있다가) 그러곤 쓰러졌지요.
포조	그놈이 다치지 않았나 가서 좀 봐주시오.
블라디미르	우리는 당신을 떠날 수 없지요.
포조	둘이 다 갈 필요는 없을 텐데.
블라디미르	(에스트라곤에게) 자네가 가게.
에스트라곤	그놈이 내게 무슨 짓을 했는데? 절대로 안 돼!
포조	참 그래. 당신 친구를 가게 하시오. 그 고약한 냄새 나는 사람. (침묵.) 그는 뭘 기다리고 있는지 몰라.
블라디미르	자네는 무얼 기다리고 있나?

에스트라곤 고도를 기다리고 있네.

침묵.

블라디미르 그럼 내 친구더러 어떻게 하라고 똑바로 말해주시오.

포조 우선 시작할 일은, 끈을 당기는 건데, 그놈을 질식시키지 않을 정도로 힘껏 당길 것, 대개 그렇게 해서 반응이 없으면 장화의 맛을 보게 해야지, 얼굴과 음부와 될 수 있는 대로 여러 군데를.

블라디미르 (에스트라곤에게) 자네는 아무것도 두려워할 것 없네. 자네가 복수하기에도 좋은 기회니까.

에스트라곤 그리고 만일 그놈이 자기 방어를 한다면?

포조 아니 아니, 그놈이 자기 방어를 하는 일은 없소.

블라디미르 급해지면 내가 뛰어가서 도와주지.

에스트라곤 내게서 눈을 떼지 말고 나를 지켜주게.

그는 럭키한테 간다.

블라디미르 시작하기 전에 그놈이 살고 있는지 확실히 알아보게. 죽었다면 애쓸 필요 없네.

에스트라곤 (럭키의 몸에 엎디며) 숨을 쉬고 있네.

블라디미르 그럼 해보게.

갑자기 성을 내며 에스트라곤은 럭키를 발로 차기 시작한다. 그
렇게 하는 동안 욕설을 퍼부으며. 그러나 그는 발을 다치고 물러간
다. 절룩거리고 신음하면서. 럭키가 움직인다.

에스트라곤 오, 이 개자식!

그는 흙더미에 앉아서 장화를 벗으려고 한다. 그러나 곧 단념하
고 나서 잠을 자고 싶은 생각이 난다. 두 팔을 무릎 위에 놓고 머리를
팔 위에 드리우며.

　　　포조 자, 무슨 일이 잘못됐나?
블라디미르 내 친구가 다쳤지요.
　　　포조 그리고 럭키는?
블라디미르 그럼 그 사람이 럭키요?
　　　포조 뭐?
블라디미르 그 사람이 럭키요?
　　　포조 알 수 없는 일이야.
블라디미르 그리고 당신은 포조요?
　　　포조 확실히 내가 포조요.

블라디미르 어제와 똑같은?

포조 어제?

블라디미르 우리는 어제 만났지요. (침묵.) 기억이 안 납니까?

포조 난 어제 아무도 만난 기억이 없는데. 그러니 내일도 오늘도 누구를 만났는지 기억하지 못할 거요. 그러니까 내가 당신을 깨우쳐주려니 생각해서는 안 되지요.

블라디미르 그러나······.

포조 그만 일어섯, 돼지!

블라디미르 당신은 그 사람을 팔러 시장으로 가는 길이었지요. 당신이 그렇게 말했습니다. 그는 춤을 추었습니다. 당신은 시력이 있었구요.

포조 맘대로 하시오. 나를 가게 해주시오. (블라디미르는 물러간다.) 일어섯!

럭키가 일어난다. 짐을 걷어 모은다.

블라디미르 여기서 어디로 갑니까?

포조 갓! (럭키는 짐을 들고 포조 앞에 가서 자리를 잡는다.) 채찍! (럭키는 짐을 다 내려놓고 채찍을 찾는다. 발견한다. 포조의 손에 쥐어준다. 다시 짐을 집어 든다.) 끈! (럭키는 짐을 다 놓고 끈을 들어 그 끝을 포조의 손에 쥐어준다. 짐을 다시 집어 든다.)

블라디미르 가방 속에는 뭐가 있나요?

포조 모래. (그는 끈을 당긴다.) 갓!

블라디미르 아직 가지 마시오.

포조 나는 가겠소.

블라디미르 멀리 갔다가 넘어져서 구해줄 사람이 없으면 어떻게 합
니까?

포조 우리가 일어날 수 있을 때까지 기다리지요. 그리고 나
서 또 앞으로 가지요. 갓!

블라디미르 가기 전에 그에게 노래를 부르라고 하시오.

포조 누구에게?

블라디미르 럭키에게.

포조 노래를 부르라고?

블라디미르 네. 그러지 않으면 생각을 하라든지, 또 그러지 않으면
암송을 하라고.

포조 그러나 벙어리가 된 걸.

블라디미르 벙어리라니!

포조 벙어리지요. 신음도 못합니다.

블라디미르 벙어리! 언제부터?

포조 (갑자기 사나워지며) 그 빌어먹을 시간이라는 걸 가지고
당신은 왜 나를 괴롭히는 것이요? 지긋지긋해! 언제!

언제냐구! 어느 날, 어느 날 벙어리가 되었다고 하면 충분하지 않소. 어느 날 나는 눈이 멀었고 어느 날 우리는 귀머거리가 될 거요. 어느 날 우리는 태어났고 어느 날 우리는 죽을 거요. 똑같은 날 똑같은 시각에 말이요. 이것으로 충분하지 않소? (진정하며) 태어날 때부터 무덤에 걸터앉게 되는 거요. 눈 깜박할 사이에 빛이 비치고는 또다시 밤이 되는 거요. (그는 끈을 당긴다.) 갓!

포조와 럭키가 나간다. 블라디미르는 무대 끝까지 그를 따라가서 그 뒤를 바라본다. 넘어지는 소리가 크게 나고 블라디미르의 흉내 내는 소리가 나며 그들이 또다시 넘어졌다는 것을 알려준다. 침묵. 블라디미르는 에스트라곤한테 가서 잠깐 들여다보다가 그를 흔들며 깨운다.

에스트라곤 (몸짓을 야단스럽게 하며 알 수 없는 말로 중얼거린다. 단호한 어조로) 왜 자네는 나를 조금도 못 자게 하나?

블라디미르 내가 적적해서.

에스트라곤 내가 행복하게 된 꿈을 꾸었네.

블라디미르 그렇게 하며 시간을 보냈구먼.

에스트라곤 내가 꾼 꿈은······.

블라디미르 (사납게) 말하지 말게! (침묵.) 저 사람이 정말 장님일까?

에스트라곤   장님? 누가?

블라디미르   포조가.

에스트라곤   장님?

블라디미르   자기 말로 장님이라고 했어.

에스트라곤   그래서 어떻단 말인가?

블라디미르   우리를 보는 거 같던데.

에스트라곤   자네는 그런 꿈을 꾸었지. (잠깐 있다가) 우리 가보세. 아
            니, 갈 수 없네. 아! (잠깐 있다가) 자네는 확실히 그 사람
            을 그이가 아니라고 하는 건가?

블라디미르   누구?

에스트라곤   고도.

블라디미르   그러나 누구를?

에스트라곤   포조를.

블라디미르   천만에! (자신이 없어지며) 천만에! (점점 더 자신이 없어지
            며) 천만에.

에스트라곤   난 일어나보겠네. (아픈 듯이 일어난다.) 오! 디디!

블라디미르   무슨 생각을 해야 될지 이제는 모르겠네.

에스트라곤   내 발! (또 앉는다. 그리고 장화를 벗으려고 한다.) 나를 좀
            도와주게!

블라디미르   내가 자고 있었나? 다른 사람들은 고통을 겪는 동안
            에? 나는 지금 잠을 자고 있나? 내일 내가 잠을 깨면, 아

니, 깼다고 생각한다면 오늘 일에 대해서 무슨 말을 하게 될까? 내 친구 에스트라곤과 함께 이 장소에서 밤이 될 때까지 고도를 기다렸다고 할까? 포조가 하인을 데리고 지나갔다고 할까? 그가 우리에게 말을 걸었다고 할까? 그럴 수 있어. 그러나 그 모든 게 얼마나 진실이라고 할까? (에스트라곤은 장화를 가지고 헛수고를 하고 나서 또다시 졸고 있다. 블라디미르는 그를 바라본다.) 저놈은 아무것도 모를 거야. 제가 얻어맞은 얘기나 해줄 거야. 그리고 나는 그에게 당근이나 주게 되겠지. (잠깐 있다가) 무덤에 걸터앉아서 이 세상에 어렵사리 태어났지. 저 아래 구멍 속에서 망설이며 무덤을 파는 자가 족집게를 쓰고 있어. 우리가 나이를 먹는 동안은 시간이 있어. 공중에는 우리의 울음소리가 가득 차 있고. (그는 귀를 기울인다.) 그러나 습관이란 위대한 말살 작용을 하는 거야. (그는 또 에스트라곤을 본다.) 나를 바라보는 사람도 있는 거야. 나에 대한 말을 하는 사람도 있는 거야. 그는 잠이 든다. 아무것도 모른다. 계속 자게 하라. (잠깐 있다가) 나는 더 계속할 수 없어! 내가 무슨 말을 했는가?

그는 흥분해서 왔다 갔다 한다. 마침내 왼쪽 끝에 가서 발을 멈춘다. 생각을 한다. 오른쪽에서 소년이 들어와서 선다. 침묵.

소년	여보세요…… (블라디미르가 돌아선다.) 앨버트 씨…….
블라디미르	또다시 만났구나. (잠깐 있다가) 나를 알겠니?
소년	모르겠어요.
블라디미르	어제 온 것은 네가 아니야?
소년	아니오.
블라디미르	너는 처음 왔냐?
소년	예.

침묵.

블라디미르	고도 씨의 말을 전하러 왔느냐?
소년	예.
블라디미르	그이는 오늘 저녁에 안 오지.
소년	안 오십니다.
블라디미르	그러나 내일은 오지.
소년	예.
블라디미르	틀림없이.
소년	예.

침묵.

블라디미르 너는 사람을 만나봤냐?

소년 아니오.

블라디미르 다른 두 사람…… (그는 머뭇거린다) 말이야.

소년 아무도 만나지 않았어요.

침묵.

블라디미르 고도 씨는 무얼 하느냐? (침묵.) 내 말이 들리냐?

소년 예.

블라디미르 대답해봐.

소년 아무 일도 안 하셔요.

침묵.

블라디미르 네 형은 잘 있냐?

소년 앓고 있어요.

블라디미르 아마 어제 온 건 네 형이겠지?

소년 모르겠어요.

침묵.

160

블라디미르 (조용히) 고도 씨는 수염이 있냐?

소년 예.

블라디미르 희냐……? (그는 머뭇거린다.) …… 검으냐?

소년 흰 것 같아요.

침묵.

블라디미르 그리스도의 은총이 우리에게 있기를!

침묵.

소년 고도 선생님께 무슨 말씀을 전할까요?

블라디미르 이렇게 말해 다오…… (그는 머뭇거린다.) …… 나를 만
났다고. 그리고…… (머뭇거린다.) …… 나를 만났다고.
(잠깐 있다가 블라디미르가 앞으로 나선다. 소년은 뒤로 물러
간다. 블라디미르는 선다. 소년도 선다. 갑자기 사나워지며)
너는 나를 확실히 만났지. 네가 내일은 와서 나를 못 보
았다고 하지 않겠지!

침묵. 블라디미르는 앞으로 뛰어나간다. 소년은 피해서 뛰어나간
다. 침묵. 해가 진다. 달이 뜬다. 1막에서처럼 블라디미르는 머리를

숙이고 가만히 서 있다. 에스트라곤이 깬다. 장화를 벗는다. 양손에
장화를 한 짝씩 들고 가서 정면 중앙에 놓는다. 그리고 블라디미르
한테로 간다.

에스트라곤 무슨 일이 있나?

블라디미르 아무것도 아니야.

에스트라곤 나는 가겠네.

블라디미르 나도 가겠네.

에스트라곤 내가 오래 자고 있었나?

블라디미르 모르겠네.

침묵.

에스트라곤 우리 어디로 갈까?

블라디미르 먼 데는 안 가.

에스트라곤 아니, 우리 여기서 먼 데로 가세.

블라디미르 갈 수 없네.

에스트라곤 왜 못 가?

블라디미르 내일 돌아와야 하네.

에스트라곤 뭐 때문에?

블라디미르 고도를 기다리러.

에스트라곤	아! (침묵.) 아직 오지 않았나?
블라디미르	안 왔네.
에스트라곤	이제는 너무 늦었는걸.
블라디미르	그래, 지금은 밤이야.
에스트라곤	그리고 우리가 그이를 포기한다면, (잠깐 있다가) 만일 우리가 그이를 포기한다면?
블라디미르	벌을 받을 거야. (침묵. 그는 나무를 본다.) 나무 말고는 모든 것이 다 죽었네.
에스트라곤	(나무를 보며) 그게 뭔가?
블라디미르	나무야.
에스트라곤	그래. 그러나 무슨 종류의?
블라디미르	모르겠네, 버드나무.

에스트라곤은 블라디미르를 나무 있는 데로 끌고 간다. 그들은 움직이지 않고 그 앞에 선다. 침묵.

에스트라곤	왜 우리는 목매달아 죽지 않는가?
블라디미르	뭐로?
에스트라곤	자네는 끈을 하나도 안 가지고 있나?
블라디미르	내게는 없네.
에스트라곤	그럼, 할 수 없네.

침묵.

블라디미르 우리 가세.

에스트라곤 잠깐만, 여기 내 허리띠가 있네.

블라디미르 그건 너무 짧아.

에스트라곤 자네는 내 다리에 매달릴 수 있네.

블라디미르 그리고 내 다리에는 누가 매달릴까?

에스트라곤 그렇군.

블라디미르 그렇지만 좀 보여주게. (에스트라곤은 허리띠를 풀어서 발목까지 떨어뜨린다. 그 바지는 너무 커서 그에게 맞지 않는다. 그들은 그 허리띠를 본다.) 위급한 고비에는 이걸로 되겠네. 근데 충분히 든든한가?

에스트라곤 곧 알게 될 거야, 자.

그들은 끈을 양쪽 끝에서 서로 잡아당긴다. 끊어진다. 쓰러지려고 한다.

블라디미르 아무 소용도 없네.

침묵.

에스트라곤　자네는 내일 되돌아와야 한다고 그랬지?

블라디미르　그래.

에스트라곤　그럼 좋은 끈을 하나 가지고 올 수 있겠네.

블라디미르　그래.

　침묵.

에스트라곤　디디.

블라디미르　왜?

에스트라곤　나는 이런 짓을 계속할 수 없네.

블라디미르　그건 자네 생각이지.

에스트라곤　우리가 작별한다면? 그게 우리에겐 좋을지 몰라.

블라디미르　우리는 내일 목매달아 죽을걸. (잠깐 있다가) 고도가 오
　　　　　　지 않으면 말이야.

에스트라곤　그이가 오면?

블라디미르　구원을 받게 되지.

　블라디미르는 모자를 벗는다. 럭키의 모자…… 모자 속을 들여다
본다. 안을 만져본다. 흔들어본다. 모자 꼭대기를 두드려본다. 다시
모자를 쓴다.

에스트라곤 자, 우리 갈까?

블라디미르 바지를 올려 입게.

에스트라곤 뭐?

블라디미르 바지를 올려 입어.

에스트라곤 자네는 내가 바지를 벗기를 원하나?

블라디미르 바지를 올려 입으라니까.

에스트라곤 (자기 바지가 내려간 것을 깨닫고) 그래.

그는 바지를 끌어올린다.

블라디미르 자, 우리 갈까?

에스트라곤 그래, 우리 가세.

그들은 움직이지 않는다.

작품 해설

　사뮈엘 베케트가 노벨문학상을 타게 되었다는 사실로 1969년은 기념할 만한 해다. 여기에는 아이러니한 의미가 있다. 사실은 그의 대표작이라고 하는 《고도를 기다리며》가 탄생한 1952년에 그가 받았어야 할 관심과 주목이 때늦게 나타났으니 말이다. 그가 이 사실을 모른 체하고 행방을 감추어버린 것도 무리가 아니다.

　내가 이 작품과 작가를 알게 된 것은 1955년 컬럼비아대학교에 가 있을 때, 그곳 대학원에서 현대영문학을 담당했던 W. Y. 틴돌 교수를 통해서였다. 그때 이 작품을 탐독하고, 또 뉴욕에서 공연된 이 연극을 보게 되었는데, 현대인의 생활을 미리 앞질러 내다보는 베케트의 혜안에 감명을 많이 받았다. 그 후 귀국해서 한국의 지성인들에게 이 작품을 소개하고 싶어, 〈한국일보〉에 "'고도를 기다리며'

를 중심으로 한 현대인의 문학"(1956년 11월 14일)이란 제목으로 글을 썼고, 곧 이어서 작품 번역에 착수하였다. 문학에 관한 한 직접 작품을 접하는 것이 가장 효과적이라고 생각해왔기 때문이다. 그리하여 《고도를 기다리며》가 출판돼 나온 것이 1958년 11월이었다. 그때는 독자의 반응이 기대에 어긋났고, 책은 한동안 절판되었다. 그동안 젊은 학생들이 이 책을 꾸준히 찾기는 했으나 극소수에 지나지 않았다. 그러나 1969년에 베케트가 노벨문학상을 수상하자, 사방에서 이 책을 찾아 다시 출판하게 되었다. 이를 계기로 베케트를 재음미하고 재검토해서 독자들이 참된 인간의 모습을 찾는 데 도움이 된다면, 그 이상의 만족이 없겠다는 생각이 들었다.

19세기의 고민은 '신의 사망'에 있었고, 20세기의 고민은 '인간의 사망'에 있었다고 본 것은 니체의 실존주의자들뿐이 아닌 것 같다. 인간의 부고를 전해주는 것 같은 또 하나의 문학작품이 현대문학의 상징인 양, 서구의 연극 무대에 등장해서 지성인들의 머리를 어리둥절하게 했으니, 이것이 《고도를 기다리며》이다. 알든 모르든, 좋든 싫든 간에 현대문학을 논하는 사람은 다 읽어보라고 권하지 않을 수 없는 작품이다.

베케트는 아일랜드 사람으로 프랑스에서 오랫동안 살았고, 1945년에 프랑스어로 글을 쓰기 시작했다. 내가 번역한 《고도를 기다리며》는 프랑스어로 원명이 "En attendant Godot"인데, 베케트 자신이 영어로 번역해서 "Waiting for Godot"로 펴낸 것을 대본으로 삼아 우리말로 옮긴 것이다. 베케트는 저 유명한 아일랜드 작가 제임스 조이스의 비서 노릇을 한 일도 있었던 만큼, 그의 작품에는 조이스의 분위기가 넘쳐흐른다.

이 짧은 연극이 처음으로 상연된 것은 1952~1953년 프랑스 파리의 바빌론 극장이었다. 그리고 영국 런던에서도 상연되었는데, 내가 이 연극을 본 것은 1956년 5월 미국 뉴욕에 있는 골든 극장에서였다. 브로드웨이에 즐비한 극장들이 다 화려한 연극과 사치스러운 관객을 자랑하고 있었건만,《고도를 기다리며》를 상연할 때만은 남루한 의상에 감긴 소수의 배우들을 바라보며 심각한 표정으로 생각에 잠기면서도 만족의 웃음을 아끼지 않는 특수한 지식인층이 관중의 대부분이었다. 상연 도중에 불쾌한 표정으로 퇴장하는 점잖은 신사도 있기는 했지만.

등장인물은 다섯밖에 없다. 부랑자 두 사람이 시골 길가의 마른 나무 옆에서 '고도(Godot)'를 기다린다. 그리고 난폭하고 거만한 폭군이 기다란 끈으로 노예를 매어 몰고 있다. 수줍어하는 귀여운 소년이 막이 끝날 때마다 나타나서, 고도가 오지 않으리라는 것을 알려준다. 고도가 오지 않는다는 사실이 이 연극의 중심 테마다. 베케트는 이 연극에서 희극적인 대사를 사용한다. 그러나 아무리 보아도 이 작품은 우울한 연극이 틀림없다. 많은 문학작품이 그렇듯이 여기서 우리는 구체적인 변론이나 결론을 얻지 못한다. 다만 인상적인 하소연을 들을 뿐이다. 그렇기 때문에 이 작품의 해석은 독자에 따라 각각 다를 수 있을 것이다. 고도는 우리의 하느님(God), 우리의 희망(Hope)을 상징할 수도 있을 것이다.

두 사람의 부랑자는 게으르고 방탕하면서도 무엇인가를 기다리며 조바심하는 것이, 받을 수 없는 구원을 받으려고 애타는 심정이다. 그렇다고 해서 거만한 행동가인 폭군의 운명도 더 나을 것은 없다. 그는 이 세상에서 성공했고 승리했으나, 그 때문에 마침내는 시력을 상실하게 된다. 끌려가는 노예도 순종의 보답이 없고, 오히려 그의 비굴함 때문에 말 못하는 벙어리가 되어버린다. 다섯 인물 가운데 한 사람도 위안이나 구원을 받지 못하고 만다. 시종(始終)이 여일하게 회색장막(灰色帳幕)에 덮인 연극이다.

그러나 이 장막을 뚫고 튀어나오는 풍자와 환상과 신념은 현대인의 마음속에 한없는 매력을 던져주고 있다. 유머에 가득 찬 비유, 신랄한 성서 비판 등등……, 이 작품은 일차원 이상의 부피를 가진 세계를 전망해주는 느낌이 있다. 그리고 혼란과 부정(不淨)의 한가운데서도 피안에 명멸하는 이상(理想)의 등불을 바라볼 수 있게 했다는 점에서 베케트가 기독교적 신앙에서 아주 벗어났다고는 볼 수가 없다.

물론 이 작품은 황폐감을 준다. 사람의 운명이 이 이상 쓸쓸하고 어두울 수도 없을 것이다. 기독교에 실망한 나머지 베케트는 이렇게 외치는 것 같다. "신이 없는 동안 생이 있을 수 없다. 신은 없어졌다. 그런고로 생도 있을 수 없다"라고. 그러나 베케트는 생에 대해

170

서 그 얼마나 많은 말을 해주고 있는가! 우리는 그가 하는 말을 굉장한 것이라고 생각할 수도 있다. 또는 무가치한 것이라고 생각할 수도 있다. 그러나 하여튼 확실히 생각을 하치 않을 수 없게 만드는 작품이다.

이 복잡한 작품이 전해주는 메시지는 지극히 간단하다.

"나는 생각할 수 없기 때문에 알지 못한다. 그래서 내가 있는 것이다…… 아니, 내가 정말 있는 것일까?"

신 데카르트주의적인 질의라고 할까, 어떻든 몸서리치도록 불안한 인간의 모습이다.

이 불안은 사람을 생각하게 만든다. 생각할 수 없을 때까지 생각한다. 아직도 우리는 서글픈 질문을 계속하고 있다. 생의 애수를 자아내는 이 질의야말로 오늘날 생각하는 사람들의 정상적인 기분이다. 인간은 왜 존재하는가? 인간은 왜 '무(無)'가 아닌가? 이런 질문을 하면서 인간은 생의 고민을 고민하며 공포에 떨고 있다. 그러나 이런 공포에서 벗어나려 하는 자유를 인간은 아직도 누린다. 끈적거리는 실생활을 무시하거나 변화시켜서 완전한 모멘트에 도달하려는 정열을 아직도 가지고 있다. 글을 쓴다는 것도 자유를 갈망하는 또 하나의 방편이다.

문예작품을 생에서 유리된 단순한 미적 현상으로만 보지 않고, 현실의 생에 큰 관련을 가진 것으로도 볼 수 있다면, 현대문학이 현대인의 고민과 현대인의 운명을 정시(正視)하려고 하는 것도 당연한 일이다. 현실을 정면으로 본다는 것을 비관주의라고 할 수는 없다. 무엇을 원하고 무엇을 원하지 않는지를 결정하려고 드는 정직한 노역이라고밖에 볼 수 없다. 병든 생에 필요한 묘약을 열심히 구하려는 정성의 발로라고밖에 볼 수가 없다.

《고도를 기다리며》는 절망적인 현대인의 구슬픈 노래다. 약속된 희망의 등불이 좀처럼 나타나지 않아서 기다리다 못해 지친 인간의 피로한 모습이다. 그러나 꺼질 듯이 꺼질 듯이 꺼지지 않는 등불을 보여주는 데서 이 작품을 놓아버릴 수 없는 매력을 느낀다. 혼잡한 인간상을 부드러운 인정(人情)으로 풀어나가는 베케트의 인간미와 함께 예리한 어구로 인간의 심리를 저미듯이 해부해내는 심상치 않은 솜씨는 인간고의 아름다움조차 또렷이 느끼게 한다.

옮긴이

사뮈엘 베케트 연보

1906년   4월 13일 아일랜드 더블린 근교 폭스록에서 부유한 신교도
가정의 차남으로 태어남.

1915~
1922년   프랑스인이 교장인 더블린의 얼스포트 사립학교에 입학해
프랑스어를 배우기 시작함. 1920년 북아일랜드 에니스킬
린의 포토라 왕립학교에 입학, 최우수 학생으로 학업과 스
포츠에서 뛰어난 재능을 보임.

1923~
1929년   더블린의 트리니티칼리지에 입학해 프랑스어와 이탈리아
어를 전공함. 1927년 트리니티칼리지를 수석 졸업하고 파
리 고등사범학교 영어 교사로 부임해 2년간 영어를 가르
침. 그 무렵 제임스 조이스를 만나 교류함.

1930~ 1933년	첫 시집《호로스코프》를 출간함. 이듬해 더블린으로 돌아와 트리니티칼리지에서 비평 〈프루스트론(論)〉을 발표해 문학 석사학위를 받음. 2년간 강단에 섰다가 1932년 강사직을 사임하고 랭보의 〈취한 배〉 등 번역 작업에 몰두함. 1933년 부친이 사망하고 자신의 건강에도 이상이 생겨 이후 여행과 작품 집필에만 전념하기로 함.
1937~ 1940년	프랑스 파리 몽파르나스 근처에 정착하고, 1938년 첫 소설 《머피》가 런던에서 출간됨. 제2차 세계대전 중 친구들과 레지스탕스 운동에 참여함.
1941~ 1946년	나치를 피해 남프랑스 보클뤼즈의 농가에 피신해 장편소설《와트》와 〈첫사랑〉, 〈진정제〉 등 단편소설들을 영어와 프랑스어로 집필함.
1948년	《고도를 기다리며》집필을 시작함.
1951~ 1953년	프랑스어로 쓴 3부작 장편소설《몰로이》(1951), 《말론 죽다》(1951)가 출간되고, 이어서《이름 붙일 수 없는 자》(1953)가 출간됨. 1952년 프랑스어판《고도를 기다리며》가 파리 미뉘 출판사에서 출간됨. 1953년 1월 5일 파리 바빌론 소극장에서 〈고도를 기다리며〉가 초연되고, 10월 더블린에서 공연됨.
1959년	트리니티칼리지에서 명예 박사학위를 받음.
1961년	1961년 3월 25일 쉬잔과 결혼함. 호르헤 루이스 보르헤스

와 국제출판인상을 공동 수상함. 희곡《오 행복한 나날》을 영어로 쓰고 이어서 프랑스로 번역함. 이외에도 여러 작품을 영어와 프랑스어로 집필 및 번역, 출간하고 연극을 연출, 상연하며 활발한 활동을 이어감.

1969년 건강 악화로 튀니지에서 요양하던 중 노벨문학상 수상 소식을 들음. 시상식 참가와 인터뷰 일체를 거부함.

1971~
1976년 1971년 베를린에서 연극〈오 행복한 나날〉을 연출함. 1973년 로열 코트 시어터에서 연극〈내가 아니야〉를 연출, 프랑스어로 번역함.〈첫사랑〉을 영어로 번역함. 1976년에는 베케트 탄생 70주년을 기념해 런던에서 사뮈엘 베케트 시즌 개최, 여러 편의 작품이 상연됨.

1982년 소련 독재 체제에 항거하다 투옥된 전 체코 대통령 하벨에게 프랑스어판《파국》을 집필해 헌정함.

1985년 마드리드와 예루살렘에서 베케트 페스티벌이 개최됨.

1989년 7월 부인 쉬잔이 사망하고 5개월 후인 12월 22일 83세를 일기로 세상을 떠남. 두 사람의 유해는 파리 몽파르나스 묘지에 안장됨.

옮긴이 **홍복유**

이화여전 문과를 졸업하고 문학 박사학위를 받았다. 일본 도호쿠대학교 영문과를 졸업하고 미국 컬럼비아대학교와 영국 케임브리지대학교 영문과에서 수학했다. 케임브리지대학교 풀브라이트 계획객원교수와 이화여자대학교 영문과 교수를 역임했다. 저서 및 역서로는 《영문법대강》, 《초급영작문》, 《고급영작문》, 《문학과 현대인》, 《언어와 문학》, 《현대문학과 연구》 등이 있다.

고도를 기다리며

1판 1쇄 발행 1969년 10월 28일
3판 재쇄 발행 2024년 9월 10일

지은이 사뮈엘 베케트 │ 옮긴이 홍복유
펴낸곳 (주)문예출판사 │ 펴낸이 전준배
출판등록 2004. 02. 11. 제 2013-000357호 (1966. 12. 2. 제 1-134호)
주소 04001 서울시 마포구 월드컵북로 21
전화 393-5681 │ 팩스 393-5685
홈페이지 www.moonye.com │ 블로그 blog.naver.com/imoonye
페이스북 www.facebook.com/moonyepublishing │ 이메일 info@moonye.com

ISBN 978-89-310-2376-3 04800
ISBN 978-89-310-2365-7 (세트)

• 잘못 만든 책은 구입하신 서점에서 바꿔드립니다.

☆문예출판사® 상표등록 제 40-0833187호, 제 41-0200044호

■ 문예세계문학선

★ 서울대, 연세대, 고려대 필독 권장 도서　▲ 미국대학위원회 추천 도서
● 《타임》 선정 현대 100대 영문 소설　▽ 《뉴스위크》 선정 세계 100대 명저

1　젊은 베르테르의 슬픔 괴테 / 송영택 옮김

▲▽　2　멋진 신세계 올더스 헉슬리 / 이덕형 옮김

●▽　3　호밀밭의 파수꾼 J. D. 샐린저 / 이덕형 옮김

4　데미안 헤르만 헤세 / 구기성 옮김

5　생의 한가운데 루이제 린저 / 전혜린 옮김

6　대지 펄 S. 벅 / 안정효 옮김

●▽　7　1984 조지 오웰 / 김승욱 옮김

●★　8　위대한 개츠비 F. 스콧 피츠제럴드 / 송무 옮김

●▽　9　파리대왕 윌리엄 골딩 / 이덕형 옮김

10　삼십세 잉게보르크 바흐만 / 차경아 옮김

★▲　11　오이디푸스왕 · 안티고네
　　　소포클레스 · 아이스킬로스 / 천병희 옮김

★▲　12　주홍글씨 너새니얼 호손 / 조승국 옮김

●▽　13　동물농장 조지 오웰 / 김승욱 옮김

★　14　마음 나쓰메 소세키 / 오유리 옮김

★　15　아Q정전 · 광인일기 루쉰 / 정석원 옮김

16　개선문 레마르크 / 송영택 옮김

★　17　구토 장 폴 사르트르 / 방곤 옮김

18　노인과 바다 어니스트 헤밍웨이 / 이경식 옮김

19　좁은 문 앙드레 지드 / 오현우 옮김

▲　20　변신 · 시골 의사 프란츠 카프카 / 이덕형 옮김

▲　21　이방인 알베르 카뮈 / 이휘영 옮김

22　지하생활자의 수기 도스토옙스키 / 이동현 옮김

★　23　설국 가와바타 야스나리 / 장경룡 옮김

▲　24　이반 데니소비치의 하루
　　　A. 솔제니친 / 이동현 옮김

25　더블린 사람들 제임스 조이스 / 김병철 옮김

★　26　여자의 일생 기 드 모파상 / 신인영 옮김

27　달과 6펜스 서머싯 몸 / 안흥규 옮김

28　지옥 앙리 바르뷔스 / 오현우 옮김

▲　29　젊은 예술가의 초상 제임스 조이스 / 여석기 옮김

▲　30　검은 고양이 에드거 앨런 포 / 김기철 옮김

★　31　도련님 나쓰메 소세키 / 오유리 옮김

32　우리 시대의 아이 외된 폰 호르바트 / 조경수 옮김

33　잃어버린 지평선 제임스 힐턴 / 이경식 옮김

34　지상의 양식 앙드레 지드 / 김붕구 옮김

35　체호프 단편선 안톤 체호프 / 김학수 옮김

36　인간 실격 다자이 오사무 / 오유리 옮김

37　위기의 여자 시몬 드 보부아르 / 손장순 옮김

●▽　38　댈러웨이 부인 버지니아 울프 / 나영균 옮김

39　인간희극 윌리엄 사로얀 / 안정효 옮김

40　오 헨리 단편선 O. 헨리 / 이성호 옮김

★　41　말테의 수기 R. M. 릴케 / 박환덕 옮김

42　파비안 에리히 케스트너 / 전혜린 옮김

★▲▽　43　햄릿 윌리엄 셰익스피어 / 여석기 옮김

44　바라바 페르 라게르크비스트 / 한영환 옮김

45　토니오 크뢰거 토마스 만 / 강두식 옮김

46　첫사랑 이반 투르게네프 / 김학수 옮김

47　제3의 사나이 그레이엄 그린 / 안흥규 옮김

★▲▽　48　어둠의 속 조셉 콘래드 / 이덕형 옮김

49　싯다르타 헤르만 헤세 / 차경아 옮김

50　모파상 단편선 기 드 모파상 / 김동현 · 김사행 옮김

51　찰스 램 수필선 찰스 램 / 김기철 옮김

★▲▽　52　보바리 부인 귀스타브 플로베르 / 민희식 옮김

53　페터 카멘친트 헤르만 헤세 / 박종서 옮김

★　54　몽테뉴 수상록 몽테뉴 / 손우성 옮김

55　알퐁스 도데 단편선 알퐁스 도데 / 김사행 옮김

56　베이컨 수필집 프랜시스 베이컨 / 김길중 옮김

★▲　57　인형의 집 헨리크 입센 / 안동민 옮김

★　58　소송 프란츠 카프카 / 김현성 옮김

★▲　59　테스 토마스 하디 / 이종구 옮김

★▽　60　리어왕 윌리엄 셰익스피어 / 이종구 옮김

61　라쇼몽 아쿠타가와 류노스케 / 김영식 옮김

▲▽　62　프랑켄슈타인 메리 셸리 / 임종기 옮김

◀●▽　63　등대로 버지니아 울프 / 이숙자 옮김

64　명상록 마르쿠스 아우렐리우스 / 이덕형 옮김

65　가든 파티 캐서린 맨스필드 / 이덕형 옮김

66　투명인간 H. G. 웰스 / 임종기 옮김

67　게르트루트 헤르만 헤세 / 송영택 옮김

68　피가로의 결혼 보마르셰 / 민희식 옮김

(뒷면 계속)

★ 69 팡세 블레즈 파스칼 / 하동훈 옮김

70 한국 단편 소설선 김동인 외

71 지킬 박사와 하이드 로버트 L. 스티븐스 / 김세미 옮김

▲ 72 밤으로의 긴 여로 유진 오닐 / 박윤정 옮김

★▲▽ 73 허클베리 핀의 모험 마크 트웨인 / 이덕형 옮김

74 이선 프롬 이디스 워튼 / 손영미 옮김

75 크리스마스 캐럴 찰스 디킨스 / 김세미 옮김

★▲ 76 파우스트 요한 볼프강 폰 괴테 / 정경석 옮김

▲ 77 야성의 부름 잭 런던 / 임종기 옮김

★▲ 78 고도를 기다리며 사뮈엘 베케트 / 홍복유 옮김

★▲▽ 79 걸리버 여행기 조너선 스위프트 / 박용수 옮김

80 톰 소여의 모험 마크 트웨인 / 이덕형 옮김

★▲▽ 81 오만과 편견 제인 오스틴 / 박용수 옮김

★▽ 82 오셀로·템페스트 윌리엄 셰익스피어 / 오화섭 옮김

★ 83 맥베스 윌리엄 셰익스피어 / 이종구 옮김

▽ 84 순수의 시대 이디스 워튼 / 이미선 옮김

★ 85 차라투스트라는 이렇게 말했다 니체 / 황문수 옮김

★ 86 그리스 로마 신화 에디스 해밀턴 / 장왕록 옮김

87 모로 박사의 섬 H. G. 웰스 / 한동훈 옮김

88 유토피아 토머스 모어 / 김남우 옮김

★▲ 89 로빈슨 크루소 대니얼 디포 / 이덕형 옮김

90 자기만의 방 버지니아 울프 / 정윤조 옮김

▲ 91 월든 헨리 D. 소로 / 이덕형 옮김

92 나는 고양이로소이다 나쓰메 소세키 / 김영식 옮김

★ 93 폭풍의 언덕 에밀리 브론테 / 이덕형 옮김

★▲ 94 스완네 쪽으로 마르셀 프루스트 / 김인환 옮김

★ 95 이솝 우화 이솝 / 이덕형 옮김

★ 96 페스트 알베르 카뮈 / 이휘영 옮김

▲ 97 도리언 그레이의 초상 오스카 와일드 / 임종기 옮김

98 기러기 모리 오가이 / 김영식 옮김

★▲ 99 제인 에어 1 샬럿 브론테 / 이덕형 옮김

★▲ 100 제인 에어 2 샬럿 브론테 / 이덕형 옮김

101 방황 루쉰 / 정석원 옮김

102 타임머신 H. G. 웰스 / 임종기 옮김

● 103 보이지 않는 인간 1 랠프 엘리슨 / 송무 옮김

● 104 보이지 않는 인간 2 랠프 엘리슨 / 송무 옮김

▲ 105 훌륭한 군인 포드 매덕스 포드 / 손영미 옮김

106 수레바퀴 아래서 헤르만 헤세 / 송영택 옮김

▲ 107 죄와 벌 1 표도르 도스토옙스키 / 김학수 옮김

▲ 108 죄와 벌 2 표도르 도스토옙스키 / 김학수 옮김

109 밤의 노예 미셸 오스트 / 이재형 옮김

110 바다여 바다여 1 아이리스 머독 / 안정효 옮김

111 바다여 바다여 2 아이리스 머독 / 안정효 옮김

112 부활 1 레프 톨스토이 / 김학수 옮김

113 부활 2 레프 톨스토이 / 김학수 옮김

▲ ● 114 그들의 눈은 신을 보고 있었다
조라 닐 허스턴 / 이미선 옮김

115 약속 프리드리히 뒤렌마트 / 차경아 옮김

116 제니의 초상 로버트 네이선 / 이덕희 옮김

117 트로일러스와 크리세이드
제프리 초서 / 김영남 옮김

118 사람은 무엇으로 사는가
레프 톨스토이 / 이순영 옮김

119 전락 알베르 카뮈 / 이휘영 옮김

120 독일인의 사랑 막스 뮐러 / 차경아 옮김

121 릴케 단편선 R. M. 릴케 / 송영택 옮김

122 이반 일리치의 죽음 레프 톨스토이 / 이순영 옮

123 판사와 형리 F. 뒤렌마트 / 차경아 옮김

124 보트 위의 세 남자 제롬 K. 제롬 / 김이선 옮김

125 자전거를 탄 세 남자 제롬 K. 제롬 / 김이선 옮

126 사랑하는 하느님 이야기 R. M. 릴케 / 송영택 옮

127 그리스인 조르바 니코스 카잔차키스 / 이재형 옮

128 여자 없는 남자들 어니스트 헤밍웨이 / 이종인 옮

129 사양 다자이 오사무 / 오유리 옮김

130 슌킨 이야기 다니자키 준이치로 / 김영식 옮김

131 실종자 프란츠 카프카 / 송경은 옮김

132 시지프 신화 알베르 카뮈 / 이가림 옮김

133 장미의 기적 장 주네 / 박형섭 옮김

134 진주 존 스타인벡 / 김승욱 옮김